FRANZ KAFKA
李军 著

出生前的踌躇

卡夫卡新解

北京大学出版社
PEKING UNIVERSITY PRESS

图书在版编目（CIP）数据

出生前的踌躇：卡夫卡新解／李军著．—北京：北京大学出版社，2011.9

（写意文丛）

ISBN 978-7-301-19084-5

Ⅰ.①出···　Ⅱ.①李···　Ⅲ.①卡夫卡，F.（1883～1924）－文学研究
②卡夫卡，F.（1883～1924）－人物研究　Ⅳ.①I521.065　②K835.215.6

中国版本图书馆CIP数据核字（2011）第119192号

书　　名：**出生前的踌躇：卡夫卡新解**

著作责任者：李　军　著

责任编辑：谭　燕

装帧设计：一瓢设计 · yp2010@yahoo.cn

标准书号：ISBN 978-7-301-19084-5/I · 2356

出版发行：北京大学出版社

地　　址：北京市海淀区成府路205号　100871

网　　址：http://www.pup.cn　**电子邮箱**：pkuart@yahoo.cn

电　　话：邮购部 62752015　发行部 62750672　出版部 62754962
编辑部 62767315

印 刷 者：北京汇林印务有限公司

经 销 者：新华书店

720mm×1020mm　32开本　7.125印张　158千字

2011年9月第1版　2011年9月第1次印刷

定　　价：20.00元

《伏面的男人》，卡夫卡作，年代不详

目 录

导 言
Introduction

卡夫卡是谁?

对我而言，围绕着卡夫卡产生的兴趣恰如卡夫卡之于文学的兴趣，主要是业余的；而且这种兴趣也不仅仅是关于文学的，更是关于思维、智慧乃至人生的。在我看来，卡夫卡的作品同时涉及人类思维的精微和人类体验的深度。他的艺术既是一种体验的艺术，更是一种思维的艺术；是可感的，当然也是可分析的。

那么，卡夫卡究竟是谁?

我先引用几位名人对于卡夫卡的看法。第一位是法国人 A. 维亚拉特（Alexandre Vialatte，1901—1971），他是作家兼卡夫卡作品的法译者，也是最早发现卡夫卡作品的文学价值的外国人士之一。据说，卡夫卡作品最初的国际声誉，正是通过他在法国文坛的努力而建构起来的——从某种意义上说，“这位现代派文学宗师，是在艺术之都（指巴黎——引者）诞生的”[1]。1931 年，在一封

在我看来，卡夫卡的作品同时涉及人类思维的精微和人类体验的深度。他的艺术既是一种体验的艺术，更是一种思维的艺术；是可感的，当然也是可分析的。

[1] 参见卢岚：《文街墨巷》，广西师范大学出版社，2006 年，第 13 页。

致安德烈·纪德的信中，他这样写道：

> 如果我说出卡夫卡这个名字，人家会问我你说的是谁。如果我说他是奥地利人，犹太裔，现在是捷克人，大家对这个外乡佬会表示鄙夷。但如果我又说，他可能是这个世纪最伟大的作家，人家会将我当成一个无害的神经汉。[2]

信写作的年代距卡夫卡逝世（1924年）仅有7年，所以，维亚拉特的这番话，应该说相当典型地代表了那个时代欧洲人的看法。那时，捷克犹太人卡夫卡对于欧洲主流文化来说，只相当于一个“外乡佬”，这一比喻令人想起卡夫卡著名小说《诉讼》中的一个寓言：一个乡下人进城去找法，却一辈子被阻隔在法律的大门外。然而，仅仅十年之后，卡夫卡的命运就发生了根本性的转折——这一时刻，这位“外乡佬”不仅闯进了欧洲文坛的禁区，而且还登堂入室，甚至占据了其中最显要的位置。最鲜明的变化体现为英国大诗人奥登（W.H.Auden，1907—1973）的一句名言（出自1941年的一篇文章）——迄今为止，这句话仍然是大众媒体最乐于传播的卡夫卡标签之一：

> 就作家与其所处的时代的关系而论，当代能与但丁、莎士比亚、歌德相提并论的第一个人就是卡夫卡。卡夫卡

[2] 参见卢岚：《文街墨巷》，第13—14页。顺便指出，人们普遍把网上流传的这段话的主人当作阿根廷诗人博尔赫斯，是出自对卢岚此书相关文字的误读。

对我们至关重要，因为他的困境就是我们现代人的困境。[3]

我们看到，在维亚拉特评价卡夫卡的时候，卡夫卡还鲜为人知；而当奥登说出那一番话时，卡夫卡已被视为与欧洲文学史上最伟大的作家并驾齐驱的巨人了。

在同一个人身上，为什么会发生如此巨大的戏剧性变化？

卡夫卡究竟是谁？

布拉格业余作家

卡夫卡（Franz Kafka）生于1883年，卒于1924年。这一年代正是曾经如日中天的奥匈帝国日益衰亡的时期。第一次世界大战之后，战败的奥匈帝国土崩瓦解。所以，卡夫卡在一战前是奥地利人，一战后捷克独立出来，他就成了捷克人。这就是维亚拉特那句话的意思。

卡夫卡的生平也很简单，除了几次赴欧洲旅行和疗养外，一生都呆在布拉格。“布拉格是一个老妈妈，她有很多利爪，她抓住我不放。”

[3] 奥登话语的中译文引自 www.hudong.com/wiki/ 弗朗茨·卡夫卡。此段文字在网上流传甚广，但译者不明。我所能找到的奥登这段话最早的中译文，出自李文俊在《外国现代派作品选》第一册（下）中所写的卡夫卡简介，参见《外国现代派作品选》第一册（下），袁可嘉、董衡巽、郑克鲁选编，上海文艺出版社，1980年，第752页。但李文俊的译文与此处所引，在遣词造句上颇有不同。另一处不完整的中译文，来自乔伊斯·欧茨的《卡夫卡的天堂》一文，载叶廷芳编:《论卡夫卡》，中国社会科学出版社，1988年，第678页。奥登的英文原文参见 W. H. Auden, “Kafka’s Quest”, in Angel Flores (ed.), *The Kafka Problem*, New York: New Directions, 1946, p.47。

卡夫卡学的是法律，大学毕业后拿到法学博士学位，在布拉格的一个半政府的法律机构“工人工伤保险事务所”工作。十几年之后，因罹患的肺病加重而退休，退休时还不到40岁。这是他的全部生活史。

严格意义上说，卡夫卡只是一位业余作家，一位住在布拉格的业余作家。他的作家生涯完全是他在工作之余夜晚生活的痕迹。因为工作的缘故，他的写作时间极其有限。他的大部分作品都写在各种类型的笔记本上，上面混杂着各种类型的作品——虚构的、写实的，以及分不清是虚构的还是写实的日记与随笔。他的德文全集现有九卷本，翻译成中文有十卷本，但他生前只发表了其中极少的一部分，大概只及全集中一卷的量。

他不仅在他的时代是一个微不足道的人物，而且他对自己作品的认可度亦极低——只有区区六篇。他在给他的好朋友马克斯·勃洛德留下的遗嘱中说，除了这六篇作品，“我所写的一切东西”，都“毫无例外地予以焚毁”；即使剩下的六篇，他也不要求他的朋友再版，只是任其在读者那里自生自灭而已。[4]

卡夫卡死时41岁。

他的作家生涯完全是他在工作之余夜晚生活的痕迹。

[4] 这六篇作品是《判决》、《司炉》、《变形记》、《在流放地》、《乡村医生》和《饥饿艺术家》。参见马克斯·勃罗德：《〈诉讼〉第一、二、三版后记》（1925），载叶廷芳编：《论卡夫卡》，第10页。

谜一样的作品与生活

我们先看看几例具有典型的卡夫卡气质的作品。

卡夫卡的许多作品可谓是世界上最小单位的叙事作品杰作，它们是思维的结晶体。第一个小故事叫《算了吧》：

> 清晨，街道洁静空旷，我正前往火车站。我与塔楼上的大钟对了一下表，发现时间比我想象的要晚得多，我得加快速度才行。这个发现使我顿觉惊慌，连对自己脚下的路都失去了把握，因为我对这个城市还不太熟悉。幸好附近有个警察，我匆忙上前，气喘吁吁地向他问路。他微笑地说："你想问我该怎么走？""是的"，我说，"因为我自己找不着路。""你还是算了吧，算了吧。"说着他一个急转身走开了，就像那些想独自发笑的人那样。[5]

这个故事说什么呢？其中出现的第一个主题是问路。首先，我们看到塔楼上有一面大钟，公共场所的钟代表着一种客观的、标准化的时间。"我"去赶火车，"我"发现"我"迟到了，所以"我"得加快速度；这时"我"碰到一个警察，"我"向他问路。警察是社会秩序的维护者，与钟所代表的标准化时间是一致的。问路意味着，"我"想把"我"的个人时间和私人经验，与一个客观、公共的时间对应起来，但是，警察却对"我"说："你还是算了吧，算了

[5] 卡夫卡：《卡夫卡随笔集》，叶廷芳编，黎奇、张荣昌、郭鋊华译，海天出版社，1993 年，第 79 页。

吧”——“我”被拒绝了，被一个公共秩序断然地拒绝。这是一则寓言。

另外一例：

> 我命令把我的马从马厩里牵出来，我的仆人没听懂。我自己走到马厩里去，安上马鞍，跨上了马。我听见远处传来号声，我问他这是怎么回事。他一无所知，甚至什么也没听到。他在大门边拦住了我，问道：“主人，你要到哪儿去？”“我不知道”，我说，“我只想离开这里，只知道要离开这里，不断拉开与这里的距离，只有这样才能达到我的目的。”“那么你是知道你的目的了？”他问我。“不错”，我回答道，“我已经说过了：离开这里。这就是我的目的。”“你没带干粮”，他说。“我根本不需要”，我说，“这旅途非常漫长，假如我在途中得不到吃的，那我非饿死不可。带多少干粮都救不了我。幸亏这是一次真正长得不得了的旅行。”[6]

在这个小故事中，我们得到的最鲜明的意象，是故事中的主人公要离开这里，离开本身就是他的目的。但他并不知道要去哪儿，只知道旅途非常漫长，以至于带多少干粮都没有用。这似乎又是一个寓言。

以上两个故事，一个表现为试图到达某个地方，另一个表现为离开某个地方；一个是目标在望但被断然拒绝，另一个是路途遥遥

---

[6] 卡夫卡：《卡夫卡随笔集》，第 68 页。

却被主体暗自庆幸——“我”的愿望在不断偏离中实现。这里出现了两个卡夫卡，一个是人生的挫败者，表现为以钟塔为标志、以警察为守卫的确定的人生目标的难以企及（“算了吧，算了吧”）；一个是生活的逃离者，表现为人生理想即在以漫漫无际的旅程为目的的过程中（“幸亏这是一次真正长得不得了的旅行”）。二者似乎截然相反，同时构成明显的对位关系。

我们再看第三则小故事：

我爱一个姑娘，她也爱我，可是我不得不离开她。

为什么？

我不知道。那样子，就仿佛她被一批手持武器的人团团围住了似的。他们向外举着长矛，不管我什么时候趋近过去，我都撞在长矛尖头上，受到伤害，不得不退回。我吃了许多苦头。

姑娘对此不负责任吗？

我以为不负责任，或者说得确切些，我不知道。上述的比喻并不完整，我也是被手持武器的人包围着，他们向里举着长矛，就是说，长矛是对着我的。每逢我向姑娘挤过去，我总是先被包围着我的武士的长矛缠住，这一关就通不过。也许我从来没有到过围着姑娘的武士们的跟前，万一我去过的话，我也是被围着我的那些长矛手刺得鲜血淋漓，失去知觉了。

姑娘保持独身了吗？

不，另外一个男人已经挤到她的身边，轻而易举，未受阻挠。我过度疲劳，筋疲力尽，那样漠不关心地在一旁

> 看着，仿佛我就是空气似的，他们的脸就在这空气中互相贴住，初次接吻。[7]

在这个故事中，“我”与“姑娘”之间被一群长矛手阻隔着，这一情节重复了第一个故事中“我”与“火车站”的那种可望而不可即的关系，只不过在这里，围绕着姑娘的“长矛手”代替了前者中的“警察”罢了。故事独特的地方在于出现了一种新型的关系：“我”与“我”周围的“长矛手”之间的关系——卡夫卡明确地告诉我们，“每逢我向姑娘挤过去，我总是先被包围着我的武士的长矛缠住”，而这意味着，“也许我从来没有到过围着姑娘的武士们的跟前”？也就是说，实际上“长矛手”只存在于“我”的周围，而姑娘旁边的“长矛手”仅仅是出自“我”的虚构？在故事的进行中，卡夫卡对于故事的前一半提出了严重的怀疑：也许，真正的障碍根本不是来自外部，而是来自自我内部？

尽管以上三例都非卡夫卡的名篇，但它们以微观形式相当典型地反映了卡夫卡创作的三种主要类型。第一种是我要求但被拒绝，属于长篇小说《诉讼》和《城堡》（在部分意义上）的意义类型（详见本书第五章、第七章）；第二种是我主动离开或逃避，属于长篇小说《美国》和众多格言与寓言的意义类型（本书第三章、第六章）；最后一种是把我与世界的冲突还原为我与自我的冲突，然后追求这种冲突的消弭，但最终却以失败告终，这属于卡夫卡晚期作品的意义类型（本书第七章、第八章）。在我看来，以上三种意义类型其实关涉到哲学认识论的核心命题：卡夫卡以独特的叙事形式谈论了

---

[7] 卡夫卡：《卡夫卡随笔集》，第210—211页。

我与外在世界，以及我与自我的关系。而《城堡》则以最复杂的方式讨论了以上所有关系（本书第七章）。因为其所关涉的叙事形式的复杂性和体验的隐秘性，卡夫卡的讨论始终笼罩在谜一般扑朔迷离的氛围中。

以上三例还涉及一个共同的意象：路。在中国古人看来，路即“道”，例如“大道之行也，天下为公”（《礼记·礼运》）。大道是最高的规律，但它同时也是一条宽广的道路，是人所行之路。在卡夫卡那里亦然，路是一种隐喻。第一例是我要赶路，要寻找到达火车站的道路；第二例是我要离开，但不知道要到哪儿去；最后一例是我从这边要到我所爱的姑娘那儿去，但却走不通。三个故事的核心问题可以归结为：路在何方？

那么，卡夫卡自己又是怎么看待路呢？我们可以引用他的一句格言：

> 真正的道路在一条绳索上，它不是绷紧在高处，而是贴近地面。它与其说是供人行走的，毋宁说是用来绊人的。[8]

“真正的道路在一条绳索上”——如果这条绳索是在高空的话，我们可以想象，行走在上面的人应该是一位杂技演员：他悠然自得地在高空走钢丝，虽然很惊险，但有惊无险；他犹如人世的成功者，驾轻就熟地行走在人生大道上，因为掌握了世界的规律而显得轻松自如。

但是，卡夫卡面前的路并不是一条通衢大道。西方文化与东方

[8] 卡夫卡：《卡夫卡随笔集》，第 1 页。

文化一样，都倾向于把脚下的路看成是至关重要的人生之路。圣经中数百次地提到这样一条道路——《新约》中，耶稣自称“我就是道路、真理、生命”；而施洗约翰的使命就是“修直主的道路”[9]。但是，恰如另一句西谚所说：通向生命的道路是艰难而狭窄的（the gate is narrow and the road is hard that leads to life）[10]，卡夫卡显然利用了这句谚语，他保留了其中艰难的本义，但却改变了其表述形式：这条路不是在高空，而是贴近地面的；它与其说是供人行走的，不如说是用来绊人的。路现在成了障碍。我们一下子就碰到矛盾了。这是一个悖论、一个难解之谜。

这个谜有两个方面：一方面是作品的谜——卡夫卡的作品（包括这句话在内）到底是什么意思呢？这一问题问倒了许多人；另外一个谜是他的生活，卡夫卡一生平淡，但在很多方面，他的行为表现得匪夷所思。例如，他在日记、书信中喋喋不休地声称，他一生最高的追求是建立家庭；但他三次订婚，三次退婚（每次都是由他主动提出）。他把自己全部的生命投入写作中，但在遗嘱中，他却要求最好的朋友焚毁自己的全部作品。一直到他弥留之际，他的言行依然充满玄机：他对医生兼朋友说：“您可别走。”朋友回答：“我不会走的。”卡夫卡却说：“可是我要走了。”[11]这又是一个悖论。

他的生活与创作都是谜。

这个谜有两个方面。一方面是作品的谜，
另外一个谜是他的生活。

[9]《新约 · 约翰福音》14 : 6；1 : 23。
[10]《新约 · 马太福音》7 : 14。
[11] 马克斯 · 勃罗德：《卡夫卡传》，叶廷芳、黎奇译，河北教育出版社，1997 年，第 216 页。

时代的误读

正是这样的一个小人物，掀起了巨大的时代反响。

我们首先要确立一个前提，即卡夫卡的时代影响是后来产生的；而在自己的眼光中，卡夫卡似乎更像是一个失败者。事实上，早期的评论家如本雅明，在1934年对卡夫卡的评论中就提到了他的失败：

> 因为遗嘱表明，作者对自己的作品不满意；他认为自己的努力终归失败；他认为自己是注定的失败者。失败是他的宏伟尝试：即把文学转变成学说，使之成为寓言，重新变得稳固而不显眼。[12]

以卡夫卡的三部长篇小说为例。《美国》（又名《失踪的人》）、《诉讼》和《城堡》在他逝世后为他赢得了巨大的声誉，但这三部小说没有一部是他生前完成的：它们其实只是残篇。换言之，卡夫卡是靠其作品的残缺而获成功的。这就证明了他对自我以及本雅明对他的判断——他是一个失败者。然而，这样的一个失败者为什么会如此获取后世的青睐，并被誉为现代派文学之父？或如奥登所言，成为我们时代的象征呢？这里确乎有一个过程。

始作俑者当数卡夫卡的好友马克斯·勃罗德（Max Brod, 1884—1968）。作为卡夫卡作品的发现者、保存者和出版者，勃罗

> 作为卡夫卡作品的发现者、保存者和出版者，勃罗德在卡夫卡死后到处推销亡友的遗作和形象；

[12] 本雅明：《经验与贫乏》，王炳钧、杨劲译，百花文艺出版社，1999年，第366页。

德在卡夫卡死后到处推销亡友的遗作和形象；尤其是，他致力于把亡友塑造成为一位伟大的圣徒，而把其作品阐释成为追求天路历程的产物。在勃罗德看来，《美国》、《诉讼》和《城堡》这三部小说，是所谓的“孤独三部曲”，其主题都是如何把个人纳入天国秩序[13]，且存在着三种彼此相关的具体解释。

1．在《城堡》第一版后记（1926）中，把《城堡》的寓意解释为K．对于神意（仁慈）的追求并希求得到其认可。[14]

2．在1935年出版的第一部传记《卡夫卡传》中，把卡夫卡作品中的基本观点“归纳为这么个公式：几乎一切都是不稳定的，但从某个特定的认识程度开始，人们便不会再迷失方向”。[15]

3．在《无家可归的异乡人》（1940）一文中，把K．当作无家可归的犹太人命运的象征。[16]

勃罗德的第1、2种解释实际上根源于丹麦哲学家克尔恺郭尔的“危机神学”[17]。后者在其名著《恐惧与战栗》（1842）中，以以色列族长亚伯拉罕欲在山上杀子做燔祭的故事，来说明宗教信仰的特殊性，即信仰是建立在非理性和荒诞基础上的一次飞跃，与人间的一切道德相冲突。勃罗德认为，应该把作为小说家的卡夫卡“归

尤其是，他致力于把亡友塑造成为一位伟大的圣徒，而把其作品阐释成为追求天路历程的产物。

[13] 海因茨·波里策：《〈弗兰茨·卡夫卡〉一书的导言》（1972），载叶廷芳编：《论卡夫卡》，第617页。

[14] 马克斯·勃罗德：《〈城堡〉第一版后记》（1926），载叶廷芳编：《论卡夫卡》，第20页。

[15] 马克斯·勃罗德：《卡夫卡传》，叶廷芳、黎奇译，第175页。

[16] 马克斯·勃罗德：《无家可归的异乡人》（1940），载叶廷芳编：《论卡夫卡》，第80—81页。

[17] 勃罗德在《卡夫卡传》中数次提到这一点。参见马克斯·勃罗德：《卡夫卡传》，叶廷芳、黎奇译，第172、187页等。

入'危机神学'的行列，这个神学的倾向性是：在上帝和人之间，在人与通过人的力量产生的善举之间，横亘着一条永远不可能弥合的鸿沟"[18]。这样一来，卡夫卡的小说就完全被看成是克尔恺郭尔神学的翻版或者证明。例如，卡夫卡笔下城堡官员极为不堪的行径（写信召某个女孩睡觉），在这种神学的光照之下，就变成了神圣物本身所具有的特性以及对信仰加以考验的象征。正是在这种意义上，卡夫卡研究专家海因茨·波里策（Heinz Politzer）指出，对卡氏作品阐释的"原始弊端"也应归结为勃罗德，因为后者把"艺术的图像直接翻译成神学的、哲学的和心理学的语言，从而必然使其艺术价值变得平淡了"[19]。

在其死后的20至30年代，卡夫卡只限于在德语圈子里有一点小小的名气。但是，他的影响的扩大是与时代分不开的；而且，从某种意义上说，卡夫卡作品的扩散与勃罗德版阐释的影响的扩大也是同步的。一个重要的契机是在二次大战期间的法国。我们已经指出，卡夫卡作品最早的外文翻译是在法国，但在当时的法国人心目中，尽管已有大作家参与介绍和推广卡夫卡，卡夫卡仍然不过是蕞尔小国捷克的一个"外乡佬"而已。1940年，法国遭受德国的占领。1941年，时年28岁的年轻作家阿尔贝·加缪写下《弗兰茨·卡夫卡作品中的希望和荒诞》一文；该文本来是作为新作《西西弗的神

这样一来，卡夫卡的小说就完全被看成是克尔恺郭尔神学的翻版或者证明。

[18] 马克斯·勃罗德：《卡夫卡传》，叶廷芳、黎奇译，第172页。
[19] 海因茨·波里策：《卡夫卡研究的问题和疑难》（1950），载叶廷芳编：《论卡夫卡》，第214页。

话》中的一章，计划于1942年出版，但限于形势而被撤下。后于1943年单独发表在《弩》杂志上。同年，另一份在里昂出版的杂志《汇合》对加缪的卡夫卡论作了如下的评价：

> 《弩》杂志独具慧眼，刊出了加缪的《弗兰茨·卡夫卡作品中的希望和荒诞》这篇卓绝的研究文章，该文最初准备放在《西西弗的神话》中，可是不幸的历史背景使这个想法未能如愿以偿。在此不便赘述这篇论文的重要性，它一发表就为世人所知。[20]

加缪的这篇文章之所以冒犯德国占领当局，无疑在于他借助卡夫卡的小说，揭示了属于自己时代的内容：卡夫卡笔下的荒诞世界令人想起德国占领下的法国现状，而他把卡夫卡笔下的主人公塑造成为存在主义的反抗的英雄，则寄托了作为反抗者的加缪自己对于现状的看法和愿望，即从荒诞、绝望到反抗和自由的过程[21]。但是，这篇文章中的基本精神仍然是勃罗德式的——甚至用语亦然，例如：他把《城堡》看成是"一部转化为情节的神学"[22]，把卡夫卡作品主人公走过的道路，视为"是从信而不疑的爱到荒诞崇拜的道路。就是在这里，卡夫卡也在追随克尔恺郭尔"，也就是说，像克

---

[20] 罗歇·格勒尼埃：《阳光与阴影——阿尔贝·加缪传》，顾嘉琛译，北京大学出版社，1997年，第85页。

[21] 参见加缪对于《诉讼》的评价："这里什么也不缺少——不缺少尽在不言中的反抗（它就是作者本人），也不缺少看得透、说不出的绝望（它就是创造的因素），更不缺少不可思议的行为自由，小说中的人物一直到死都生活在这种自由中。"阿尔贝·加缪：《弗兰茨·卡夫卡作品中的希望和荒诞》，载叶廷芳编：《论卡夫卡》，中国社会科学出版社，1988年，第107页。

[22] 阿尔贝·加缪：《弗兰茨·卡夫卡作品中的希望和荒诞》，载叶廷芳编：《论卡夫卡》，第104页。

氏以及克氏笔下的亚伯拉罕和约伯一样，“土地测量员最后的努力在试图通过否定上帝的一切事物去发现上帝”[23]。只不过，加缪在这里用他的无神论存在主义的荒诞英雄，取代了犹太－基督教的有神论圣徒而已。

这种在大时代语境下重新阐释卡夫卡的过程，使卡夫卡作品获得了更大语境的接受。同时期另外一个对后世有更大影响的卡夫卡评论，是前文所引的奥登的评论。这一评论围绕两大要点展开：第一，卡夫卡被奥登视为不世出的文坛巨人，是 20 世纪最足以与但丁、莎士比亚和歌德等大作家并肩而立的形象；其次，卡夫卡本人被当作 20 世纪时代的象征，“他的困境”体现了我们每一个人的困境。仅仅一年之前（1940），马克斯 · 勃罗德还限于把 K．阐释为无家可归的犹太民族的象征；同年，阿尔贝 · 加缪则已经把他异地挪用为法国抵抗战士的象征；而到了奥登那里，卡夫卡和 K．最终变成 20 世纪现代人类的象征。评价语境的每一次扩大都伴随着卡夫卡作品接受度的增加，和卡夫卡形象的声名远播。

20 世纪上半叶是这样，20 世纪下半叶也是这样。从某种意义上说，卡夫卡时代影响的确立是以时代语境的变化为基础的。在德

仅仅一年之前（1940），马克斯 · 勃罗德还限于把 K. 阐释为无家可归的犹太民族的象征；同年，阿尔贝 · 加缪则已经把他异地挪用为法国抵抗战士的象征；而到了奥登那里，卡夫卡和 K. 最终变成 20 世纪现代人类的象征。

---

[23] 阿尔贝 · 加缪：《弗兰茨 · 卡夫卡作品中的希望和荒诞》，载叶廷芳编：《论卡夫卡》，第 109 页。

国，卡夫卡作品曾在 1935 年被戈培尔所禁；战后，多卷本文集在法兰克福出版。德国人在经历了二战的梦魇之后，突然发现，他们中的一位德语作家早在几十年前，就在作品中反映了他们的梦魇。而美国的情况则正好相反。鉴于大量的犹太学者（尤其是精神分析学学者）受到纳粹迫害而流亡到美国，他们为美国人带来了解释文学艺术作品的心理学传统，卡夫卡是他们热衷的研究对象之一。二战一胜利，随着美国国力的上升，美国人对卡夫卡又不感兴趣了。但到了 70 年代和越战之后，卡夫卡研究再次成为一个热潮。

这个故事还可以延伸到社会主义国家。尽管卡夫卡是捷克人，于二战之后成立的社会主义阵营，长期以来对于卡夫卡却采取了充耳不闻、视而不见的态度。即使偶有学者论及卡夫卡，通常也评价甚低。例如匈牙利著名的马克思主义哲学家、批评家卢卡奇，就曾说卡夫卡是逃避现实的先锋派，是资产阶级没落时代的表现。1956 年匈牙利爆发了一场革命，被苏联派兵镇压了。当时位居高官的卢卡奇被苏军逮捕之后，关在罗马尼亚的一个城堡里面。据说他在被关了几天之后，喃喃自语说："卡夫卡到底还是个现实主义作家"[24]。

同样，在经历了史无前例的"文化大革命"之后，卡夫卡于 80

当时位居高官的卢卡奇被苏军逮捕之后，关在罗马尼亚的一个城堡里面。据说他在被关了几天之后，喃喃自语说："卡夫卡到底还是个现实主义作家"。

[24] 参见海因茨·波里策：《〈弗兰茨·卡夫卡〉一书的导言》（1972），载叶廷芳编：《论卡夫卡》，第 620 页。本文中关于战后欧洲和美国的卡夫卡研究情况的讨论，亦曾参考了此文。恕不一一注出。

年代逐渐出现在中国人的视野里。最早，我们是在《世界文学》杂志（1979 年第 1 期）上读到了李文俊先生翻译的卡夫卡的《变形记》；然后，《变形记》与《地洞》一起，出现于上海文艺出版社出版、袁可嘉等先生选编的《外国现代派作品选》第一册（1980）中[25]。随后又在社科院陈焜先生的大作《西方现代派文学研究》（1981）中，我们见识了最早的中国学者的卡夫卡评论[26]。几年之后，随着《卡夫卡短篇小说选》（1985，外国文学出版社）、《诉讼》（1986，外国文学出版社）、《审判——卡夫卡中短篇小说选》（1987，上海译文出版社）的相继出版，卡夫卡的作品已经不再令中国读者感到陌生。80 年代研究者的评论武库中最常见的兵器是“异化”这一哲学术语。虽然早期研究者和译者尽量要把这个概念限制在所谓“资本主义制度”之下，认为卡夫卡笔下的现象会随着“资本主义私有制”和“资本对雇佣劳动的剥削”的消灭而消亡[27]，但是，如若我们从同一时期（80 年代初）学术界关于马克思主义与人道主义，关于青年马克思的《1844 年经济学－哲学手稿》的争论来看，就会发现，关于“异化”问题的讨论始终关联着对于刚刚过去的“文化大革命”的反思和批判这一时代主题[28]。那个时代的中国读者，从卡夫卡的作品里所看到的，恰恰是他们倍感熟悉的东西，而“文革”中许多荒谬绝

[25] 袁可嘉、董衡巽、郑克鲁选编：《外国现代派作品选》第一册，上海文艺出版社，1980 年，第 748—834 页。

[26] 陈焜：《西方现代派文学研究》，北京大学出版社，1981 年，第 124—125、277—279 页。

[27] 在中国，最早谈及卡夫卡作品与“异化”关系的是陈焜、李文俊和孙坤荣。参见陈焜：《西方现代派文学研究》，北京大学出版社，1981 年，第 278 页，第 330—303 页。李文俊：《卡夫卡〈地洞〉、〈变形记〉前言》，参见袁可嘉、董衡巽、郑克鲁选编：《外国现代派作品选》第一册，第 750 页。孙坤荣：《译本序》，《卡夫卡短篇小说选》，外国文学出版社，1985 年，第 19 页。

[28] 相关讨论参见祝东力：《精神之旅——新时期以来的美学与知识分子》，中国广播电视出版社，1998 年，第 52—68 页。

伦的事情，就成为他们理解卡夫卡的意义框架。这是我们所不该忘记的时代背景。

但是，我想要说的是，所有这些时代反响——包括世界范围内的每一次卡夫卡热——与其说出自对于卡夫卡文本的恰如其分的了解，毋宁更与其时代语境密切相关。对卡夫卡作品的这类读解，其实质与马克斯·勃罗德的方法一样，更多地诉诸把卡夫卡的作品看成是一种总体的象征，无论是心理的、宗教的还是社会变革的象征。总之，恰如波里策所批评的那样，这类读解把属于艺术的图像，直接翻译成种种神学的、心理学的或者社会学的语言来解释。

那么，对卡夫卡的研究是否还能另辟蹊径？

这正是我们要问自己的。

那么，对卡夫卡的研究是否还能另辟蹊径？

第一章
Chapter 1

总论：写作与卡夫卡

卡夫卡的两件作品

有关卡夫卡有两个谜。

一个是卡夫卡作品之谜，一个是作家卡夫卡之谜。

对于第一个谜，大凡接触过卡夫卡作品者，都不至于感到意外。至于第二个谜，则直接关系到卡夫卡终身的两个追求。第一个追求无疑是家庭。卡夫卡一生渴望成家，他把建立家庭看成是“一个人所能达到的极限”[29]，却三过家门而不入，三次订婚，三次悔婚。另一个追求是写作。这位仅活了41岁的短命者，却留下了三百多万字的作品，由其挚友马克斯·勃罗德编成九卷本的文集，而其生前发表的则不满一卷，得到他认可的更只有寥寥的六篇。即便如此，他也不愿意让它们长留人世。他在给马克斯·勃罗德的遗嘱中说，除了这六篇任其在读者手中湮灭之外，其他所有文字（包括在后世为他赢得巨大声誉的长篇名著《诉讼》和《城堡》），“都毫无例外地予以焚毁”[30]。在这一点上，卡夫卡很像他笔下的人物，

[29] 卡夫卡：《致父亲的信》，载《诉讼》，孙坤荣译，外国文学出版社，1986年，第294页。
[30] 马克斯·勃罗德：《〈诉讼〉第一、二、三版后记》(1925)，载叶廷芳编：《论卡夫卡》，第10页。

他消灭自己的愿望比谁都强烈（小说《变形记》中的主人公格里高尔·萨姆沙的愿望）。正是在这方面，他像他的作品一样成为一个谜，一则寓言。

值得一提的是，寓言不仅仅是卡夫卡最擅长的文体之一，更是他大部分作品的表现形态（它们大多类似于寓言，或包含着一个中心寓言，如《诉讼》和《城堡》）。而关于寓言，卡夫卡自身在一则标题为“论寓言”的格言中，说过类似的话：

> 只要你追随寓言，你自身就将成为寓言。[31]

寓言之所以成为寓言，在卡夫卡看来，“实在仅仅是说，不可理解的即是不可理解的”[32]。卡夫卡仿佛在说，不可理解的东西尽管是不可理解的，但我们却可以成为它，也即使我们成为不可理解的。这样，作家卡夫卡之谜与卡夫卡作品之谜就在寓言上汇同了，其实，它们不过是同一个谜、同一个寓言的两个方面。这个谜、这个寓言也就是作家卡夫卡的创作。这种创作的成果不仅仅体现为卡夫卡的作品，更体现为作家卡夫卡本人。换言之，由于作家卡夫卡

这样，作家卡夫卡之谜与卡夫卡作品之谜就在寓言上汇同了，其实，它们不过是同一个谜、同一个寓言的两个方面。这个谜、这个寓言也就是作家卡夫卡的创作。这种创作的成果不仅仅体现为卡夫卡的作品，更体现为作家卡夫卡本人。

[31] Franz Kafka, *Parables and Paradoxes*, Schocken Books, 1960, p.11.

[32] Franz Kafka, *Parables and Paradoxes*, p.11.

写作的特殊性，作家卡夫卡和卡夫卡作品之间存在着高度的一体性，它们之间靠得异乎寻常地近，不仅他所有的作品都可被理解为他的精神告白，而且他所有的精神告白的文字（如日记、信件），均可被理解为是他的作品。它们之间就像血液和骨骼、白天与黑夜，不仅不可或缺，而且相互界定。在某种意义上，他写作的唯一目的，只是为了促成一个新的卡夫卡从旧的卡夫卡那里脱胎而出。写作在他这里被当作一件自我搏斗的工具（有意思的是，卡夫卡的作品中充塞着像“搏斗”、“战斗”这样的字眼，他最早发表的小说，标题就是“一场战斗的描述”）。这一切当然不是偶然的。以至于最终，他所创作的伟大艺术作品，除了《变形记》、《乡村医生》、《诉讼》和《城堡》之外，还有一部更伟大的遗著，即作家卡夫卡本人。而这部作品在逻辑上是自足的，与之相比，他所有的文字作品无论形式上是否完成，在逻辑上都是未完成的。卡夫卡写作的这一特点，决定了与此相宜的卡夫卡研究的条件，它先天地判决了文本主义研究的死刑。

自传与虚构

卡夫卡写作的自我关涉性早已是一个公开的秘密。用卡夫卡研究者索克尔（Walter H. Sokel）的话说，“卡夫卡的作品可称之为

他所创作的伟大艺术作品，除了《变形记》、《乡村医生》、《诉讼》和《城堡》之外，还有一部更伟大的遗著，即作家卡夫卡本人。

由隐喻伪装起来的精神自传”[33]，其主人公往往是卡夫卡本人或相关人物的化身。

例如，《判决》中的 Georg Bendemann（格奥尔格 · 本德曼），其名字 Georg 与卡夫卡自己的名字 Franz（弗兰茨）有同样多的字母；姓氏 Bendemann 中的 Bende，与 Kafka（卡夫卡）的构造形式相同。《变形记》中的 Gregor Samsa（格里高尔 · 萨姆沙），其姓氏 Samsa 与 Kafka 的构形相同。《猎人格拉胡斯》中的格拉胡斯（Gracchus）即是卡夫卡，因为这个意大利语词（Gracchus）与捷克语 Kafka 一样，都是“穴鸟”的意思。至于长篇小说《美国》中的主人公 Karl，《诉讼》和《城堡》中的主人公约瑟夫 · K. 和 K.，因为字母 K. 的缘故而都是 Kafka 的转写或缩写。这一点得到了卡夫卡自己的承认，他在日记中明确写道：

> 我发现字母 K. 是触目惊心的，几乎是令人作呕的，当我写下它时，它必然代表着我。[34]

除此之外，《判决》和《变形记》中的“父亲”代表着卡夫卡自己的父亲；《判决》中 Georg Bendemann 的未婚妻 Frieda Brandenfeld 是卡夫卡自己的未婚妻 Felice Bauer 的化身（首字母相同）；出于同样的原因，《诉讼》中的 Fräulein Bürstner（德文，标斯特纳小姐）也代表着 Felice Bauer；《城堡》中 K. 与弗丽达和

[33] 瓦尔特 · H. 索克尔：《弗兰茨 · 卡夫卡》，载叶廷芳编：《论卡夫卡》，中国社会科学出版社，1988 年，第 644 页。

[34] Franz Kafka, *Diaries 1910-1913*, edited by Max Brod, trans. by Joseph Kresh, Schocken Books, New York, 1965, pp.33-34.

克拉姆的三角关系，折射了现实生活中卡夫卡与密伦娜夫妇的真实关系。卡夫卡作品的这一特点是毋庸置疑的。

一方面，是卡夫卡小说的自传性；另一方面，卡夫卡的日记和书信呈现出异乎寻常的特点。我们现在看到的卡夫卡日记，是由马克斯·勃罗德在卡夫卡死后从其遗稿中编选而成。卡夫卡的全部遗作都保存在笔记本上，这些笔记本只能约略地分成“小说”（虚构）和“日记”（纪实）两类。因为日记中穿插着很多虚构类的文字，而且也被卡夫卡当作小说发表；另外，很多乍看起来完全像日记的文字，经过仔细辨认，即显示出虚构的特点。例如，1910 年 7 月 19 日的日记，通过反思来说明强加的教育给“我”造成的弊端，这无疑具有相当的真实性，然而，当时的卡夫卡明明只有 27 岁，行文中居然出现了“年过四十的我”这样的字样[35]。此外，经常有这样一些段落，写到一半而中止，里面涉及的人物是真实的，事件却是虚构的，或者根本无法分辨其中的真实和虚构的成分[36]。造成这一现象的原因，在于卡夫卡纪实文体本身的暧昧性质，它经常是夹杂在纪实与虚构之间，正如他的小说（虚构）常常蕴含着最真实的自传内容。他的信件亦然，在早年的一封信中，他明明是写与一个同学的真实关系，却在行文中把它虚构成一个故事[37]。同样，他的那封写于 36 岁的著名长信《致父亲的信》，由于代表着卡夫卡对父亲所象征的权势力量对他的一生所作的“诉讼”的最终“抗辩”（在某种意义上可理解为《诉讼》这部小说中约瑟夫·K. 想写而未

---

[35] Franz Kafka, *Diaries 1910-1913*, edited by Max Brod, trans. by Joseph Kresh, p.19.

[36] Peter Mailloux, *A Hesitation Before Death: The Life of Franz Kafka*, Associated University Presses,1989, pp. 15-16.

[37] 1902 年 12 月 20 日 致 Oscar Pollock 信。见 Franz Kafka, *Lettres to Friends, Family, and Editors*, Schocken Books, New York, 1977, pp.5-7.

写的那份针对法院的“抗辩书”的最终完成），卡夫卡在很多方面未能遵循真实，“致使一些事实走了样”[38]。

自传与虚构、真实与想象之间的交叠与融会，构成卡夫卡的写作的最鲜明的特点。一方面，真事被隐去而蒙上一层虚幻的、梦魇般的色彩；另一方面，一切貌似虚幻的、梦魇般的东西，其实都是最切身、最深刻的生命体验。

断片与日记

如果进一步追究卡夫卡写作的特点，就不能不注意到以下事实：卡夫卡白天在一家半官方的保险事务所上班，只是在晚上的业余时间里才从事写作。严格地说，卡夫卡充其量只是一个业余作家。正是这一点使他在写作方式上区别于绝大多数职业或专业作家。在卡夫卡那里，时间以令人遗憾的方式断裂着，时间的自然间隔——白天与黑夜，变成了两种工作、两种生活乃至两个自我之间的斗争。整个白天属于办公室，属于社会，只有夜晚的几个小时才真正属于自己。在如此短的时间内，卡夫卡关心的自然不可能是严密的构思和以后从容的写作（像罗曼·罗兰那样的作家为一部小说十年酝酿、十年写作这样的事情，对布拉格的业余作家卡夫卡来说，是匪夷所思的），而仅仅是别人从事写作的基本前提：排除一切干扰，进入创作状态。从他的日记可以看出，最令他痛心疾首的，莫过于“写作受到家庭噪音的骚扰”、“这几天什么也没有写”之类的事情。因此，写作成为卡夫卡过另一种生活，过一种属于自己的生活的根

[38] 克劳斯·瓦根巴赫：《卡夫卡传》，周建明译，北京十月文艺出版社，1988年，第128页。

本标志，只有通过写作，卡夫卡才能把自己的生命掌握在自己手里，才能把白天毫无意义虚掷的生命挣回来。至于写什么，相对就不太重要了。它取决于当时的情景，取决于最切近的、最强烈的生活体验，取决于写作状态中追踪形象时的瞬间灵感。从某种意义上来说，卡夫卡全部的文字（包括小说、格言、日记、书信）都属于广义的“日记”，都与作家当时的生活有关，因此在原则上都属于“断片”。

这一断言显然与事实相符。在卡夫卡所有的作品中，形式上完备的作品寥寥无几，它们大多篇幅短小，适合在一天或短期内完成（他最得意的作品《判决》是在一夜之内一气呵成的；《变形记》则用了半个月，而这部堪称已完成的作品中最长的作品，充其量只不过是一部三万多字的中篇而已）。其余的所有作品，尤其是三部长篇小说，都没有完成，严格意义上都属于“残片”。这并不意味着卡夫卡缺乏完成长篇的能力，恰恰相反，这些作品是否应该被完成，倒是取决于卡夫卡写作的上述性质：因为时过境迁，一旦作者写作时的那种生命困惑霍然消除，此时在形式上完成该作品就不再有必要了。再则，因为作者在生命的当下流程中面临新的任务，也

写作成为卡夫卡过另一种生活，过一种属于自己的生活的根本标志，只有通过写作，卡夫卡才能把自己的生命掌握在自己手里，才能把白天毫无意义虚掷的生命挣回来。至于写什么，相对就不太重要了。它取决于当时的情景，取决于最切近的、最强烈的生活体验，取决于写作状态中追踪形象时的瞬间灵感。

就不再有时间去完成一篇旧作了。如果联系到卡夫卡作品属于广义的“日记”这一点看，卡夫卡作品的“断片”性质即与他的创作特点高度一致，因为“日记”总是日新月异的，没有人会穷毕生之力去完成一篇“日记”。

私人写作的“变形”

尽管卡夫卡的作品是广义的“日记”，但是，它与狭义的日记相比，仍有本质的不同。

一切日记的共性是：倾诉自己的痛苦，暴露自己的隐秘。它的私人性质与社会生活的公共性质形成鲜明的对比。日记为不堪社会生活重负的人们提供了私人的避难所，它为遭到禁忌的语言找到了独白的剧场，为倍受排斥的心灵安排了温暖的巢穴。一切日记都是秘不示人的，正如日记总是在夜晚书写一样，它作为私人生活的一部分，与暗夜的性质，与暗夜作为私人生活的场所这一性质若合符契。日记的存在本身即是个体生活分裂的明证，它加剧了属于个人的私人生活和属于集体的公共生活之间的冲突，同时进一步表现为白天道貌岸然的公共形象与夜晚执笔自书的真实自我之间的对立。

日记为不堪社会生活重负的人们提供了私人的避难所，它为遭到禁忌的语言找到了独白的剧场，为倍受排斥的心灵安排了温暖的巢穴。一切日记都是秘不示人的，正如日记总是在夜晚书写一样，它作为私人生活的一部分，与暗夜的性质，与暗夜作为私人生活的场所这一性质若合符契。

但是另一方面，社会并不拒绝日记的存在，正如并不拒绝夜晚的存在，因为生活事实上被判然划分为公共与私人两界，时间也相应地被划分为工作时间和业余时间，私人日记的存在只是证明了这种划分的必然性，对作出这种划分的整个秩序本身丝毫无害，甚至加强了这种秩序，因为日记只要保持在私人生活的边界之内，正如业余时间和私人娱乐有助于疲惫的身体得以松弛和恢复，日记则有助于抚慰疲惫的灵魂，它们共同促进身体和灵魂的健康，使它们更适宜于扮演明天的社会角色。

然而，卡夫卡的“日记”绝非单纯私人性质的，他私人的自传性隐藏在他作品的虚构与想象的层面之下。它不像一般日记那样满足于私人经验的倾诉，而是致力于转化这些经验，将这些经验“变形”为故事。在这些“变形”故事中，私人经验的主要特色仍然保留着，如：恐惧是切身的，创伤仍是血淋淋的，但是背景却改变了；它离开了私人经验和隐秘自我的昏暗朦胧的巢穴（这与夜晚所象征的私人经验的特色是相称的），借助作品中虚构的人物而将自己置身于公共生活的光天化日之下；其目的也不在于通过倾诉而消解痛苦，或使未能实现的愿望得到象征的满足，而是极其严肃地探讨个人的隐秘自我（即真实自我）在白天、在公共的社会生活中的命运。

然而，卡夫卡的“日记”绝非单纯私人性质的，他私人的自传性隐藏在他作品的虚构与想象的层面之下。它不像一般日记那样满足于私人经验的倾诉，而是致力于转化这些经验，将这些经验“变形”为故事。

就此而言，我们发现，卡夫卡事实上是在双重意义上使用着“变形”这个词。第一，把真实自我的私人经验“变形”为故事中的人物，让他进入社会生活之中经受考验。在这种意义上，卡夫卡作品中的主要人物即是卡夫卡自己的形象及相关人物的变形，我们据此来理解卡夫卡作品的“自传”性质。第二，在黑夜庇荫下的真实自我一旦跨入白昼的行列，也就不得不承受另一种“变形”，这种“变形”的实质其实是“暴露”，是“现出原形”；我们据此来理解卡夫卡作品具有的超出“自传”性质的灵魂审判或者灵魂历险的功能和性质。卡夫卡作品《变形记》中的主人公格里高尔·萨姆沙所涉及的“变形”，其实质即为“现出原形”。卡夫卡讲述的是一个夜晚的自我在白昼现出原形进行历险的故事。

动物＝原形

“变形”是卡夫卡一生乐此不疲的主题。在小说中，这一主题最早出现在早期未完成的短篇《乡村婚礼筹备》(1907) 中，主人公安排自己的躯壳去乡下参加自己的婚礼，而真实的自我却成为一只大甲虫，舒舒服服地躺在床上。这是五年后写作的《变形记》的雏形。写于 1917 年的短篇《致科学院的报告》，讲述的是一只猴子如何变成人的故事。除了事实上的变形之外，更为常见的是卡夫卡写作中另一相似的主题：把自己比作懦弱无助的小动物。

早在 1904 年，卡夫卡在致挚友马克斯·勃罗德的信中，就把自己比作“挖洞的鼹鼠”[39]，这一形象在他心中一直不能忘怀，

[39] Franz Kafka, *Lettres to Friends, Family, and Editors*, p.17.

终于在二十年后，在他生命的最后岁月里，完成了一篇以鼹鼠般的小动物为主角的小说《地洞》(1923—1924)。长篇小说《诉讼》中的主人公约瑟夫·K.临死前说："像一条狗似的"，而卡夫卡另一篇小说的名字，就叫《一条狗的研究》(1922)。卡夫卡觉得，在父亲眼里，自己像一条寄生虫，父亲会把他"像一条鱼一样撕成碎片"。

把自己比作动物，或与它们认同，极力去写它们在人群中的遭际，集中体现了卡夫卡对于人群的恐惧，也暴露出他内心深处的忧虑。如果"我"的原形只是懦弱无能、丑陋不堪的动物，当我的躯壳因为无力承担社会的重负而不慎暴露了自己的原形时，这个看上去仁慈、友爱的人类群体将如何对待"我"呢？从这个问题可以引申出：一个背弃了社会公共规则的纯粹个体是否有存在的价值？集体生活是否必须建立在彻底否弃个别性的基础上？一个人能否过一种完全独立的生活？为什么在一心追求这种独立性的时候，却感到最深重的罪孽？为什么人在权势的逼视下总是感到理亏？有没有人类的乐园？什么是人类的终极命运？

这一系列问题困扰着卡夫卡的一生，他的写作既是对这些问题的不懈追问，又是谋求解答的尝试，而要真正理解这些问题，则关系到作家卡夫卡写作的根本问题：写作的目的。

逃 避

为什么写作？

卡夫卡一生笼罩在父亲的阴影之下，这决定了他与父亲、与父亲所代表的权势力量的关系成为他生活与写作的首要内容。"我写的书都与您有关，我在书里无非是倾诉了我当着您的面无法倾诉的话。”[40]写作的第一个目的，对卡夫卡来说，就是为了给无法直面的生活开启一个逃避的空间。在这封最终也没有递交给父亲的著名长信中，卡夫卡详细解释了他之所以“惧怕”父亲的理由。

这种惧怕首先表现为对于父亲的身体——因而也是对物质力量的惧怕。从遗留的照片看，卡夫卡的父亲赫尔曼·卡夫卡身强体壮，目光专横，留两撇威严的八字胡，状如一个暴君。而卡夫卡则继承了母亲家族的遗传基因，身材羸弱、纤细。与父亲相比，他对于自己的身体有深深的自卑，感到不仅在父亲面前，而且“在全世界面前”，觉得自己“可怜”，因为父亲是他“衡量一切的尺度呀”[41]。这种自卑感有深刻的心理原因，因为身体并不会为自己感到自卑，感到自卑的必然是心灵。心灵因为身体，因为羸弱的身体暴露了更为羸弱的心灵而感到恐惧。这种恐惧是灵魂对于身体以及身体的基础——物质力量的恐惧，它把身体与灵魂、物质与精神的二元性极端地展现出来。卡夫卡终身保持着对外在的物质力量的恐惧，保持着对自己身体的自卑。这两者其实是彼此相关的。对外在力量的恐

这种自卑感有深刻的心理原因，因为身体并不会为自己感到自卑，感到自卑的必然是心灵。心灵因为身体，因为羸弱的身体暴露了更为羸弱的心灵而感到恐惧。这种恐惧是灵魂对于身体以及身体的基础——物质力量的恐惧，它把身体与灵魂、物质与精神的二元性极端地展现出来。

[40] 卡夫卡：《致父亲的信》，载《诉讼》，孙坤荣译，第 287 页。

[41] 卡夫卡：《致父亲的信》，载《诉讼》，孙坤荣译，第 255 页。

惧要求灵魂的逃遁，而有形的身体则把无形的灵魂暴露给外在的目光。对身体的自卑既源自身体的有形性（它拘限了灵魂的逃遁），又源自身体的无能（它使身体无力去抵抗外在的力量）。在中学时代的一封信中，卡夫卡把自己称作“羞怯的瘦高个儿”[42]。瘦弱细高的身体，只会更加显著地暴露在众人的眼光下；“羞怯”则恰好体现出，因为身体的笨拙和无能而使心灵产生无地自容的感觉。在给未婚妻 Felice Bauer 的一封信中，卡夫卡曾经写道：

> 要是你不是躺在地上，在小动物下面，你也就不能看见布满星辰的天空，你也不会得到拯救。你可能根本经受不住那直立的恐惧。[43]

由于“直立的恐惧”，卡夫卡产生了“躺在地上”，与大地融为一体，或隐蔽在大地之下，隐蔽在“地洞”中的欲望。前者是灵魂的一种无意识的幻想；后者正是小动物们躲避外界威胁的方式（《地洞》生动地体现了这一方式）。与大地的联姻，意味着为了躲避一种权势（外在力量）而投入另一种权势（大地）的怀抱；大地在这里意味着某种巨大的身体，是人类群体或社会的恰当象征，因而，与大地的结合也就意味着让灵魂穿上社会的外套行迹于人群，而龟缩在社会的外套（相当于躯壳）中的灵魂则惊惶地四处张望着，犹如一只寄居在他人的巢穴中的“穴鸟”。

然而，相对于自由的灵魂而言，灵魂借以寓居的社会性躯壳不

---

[42] Franz Kafka, *Lettres to Friends, Family, and Editors*, p.6.

[43] 转引自叶廷芳编：《论卡夫卡》，第 608 页。

仅是一种限制，更是一种统治。灵魂被拘限在躯壳中，被迫扮演着权势指派给它的角色。它像砖瓦，像机器上的零件一样被安置在喧嚣不已的权势结构中，这种喧嚣声由父亲的呵斥所象征，代表着强加于灵魂的他人的意志，代表着统治着的法律和体制的声音。这种声音在现代工业文明的进程中响彻云霄——你必须俯首听命、努力工作、尽心尽职、奋发向上，时刻准备好对不听话的灵魂予以“诉讼”[44]。结果是，灵魂出于对外在力量的恐惧而向人群的逃遁，不外乎重新落入一种更加致密坚硬的权势范围内，被嵌入它的钢筋铁架之中。这种权势结构纠合了它所控制的外在力量和人群的势能，来对付任何一个反叛的灵魂。至于权势结构中的每一个人，无论掌握的权势大小，都不过是这架铿锵作响的机器中环环相衔的一个零部件而已。

对卡夫卡来说，父亲赫尔曼·卡夫卡就是装配在这架权势机器中的一个权势者的象征。一方面，他凭借自身努力攀登在布拉格的少数人组成的德意志上层的权势结构中，另一方面其实又不外乎一个微不足道的犹太商人；一方面他为自己的成功沾沾自喜，不免对无权势者（雇员、儿子）专横粗暴、颐指气使，另一方面则难以根除自己在民族和出身方面的自卑感，对更高的权势者艳羡倾慕不已。在一次谈话中，卡夫卡犀利地指出：“资本主义是一种依赖性的制度”，故每个人（包括资产阶级老板）“都戴着锁链”[45]。这是对权势结构的深入骨髓的洞察。而这也正是赫尔曼·卡夫卡意欲引领儿子卡夫卡迈入的“殿堂”。

[44] 卡夫卡：《致父亲的信》，载《诉讼》，孙坤荣译，第 278 页。
[45] 克劳斯·瓦根巴赫：《卡夫卡传》，周建明译，北京十月文艺出版社，1988 年，第 241 页。

卡夫卡所谓“惧怕父亲”的真正理由，就在于对整个权势结构的恐惧。“我像一个孩子，在成年人中流浪。”[46] 卡夫卡怀着儿童对成人的恐惧心情，宁愿承担恐惧而不愿成人。成人构成了社会的既定秩序，他们既被权势结构压抑，又是它不懈的维护者。因此，宁做浪子、不愿成人，就意味着对整个成人社会和权势结构的逃避。卡夫卡曾经称自己是“被剥夺了继承权的儿子”[47]。虽然这并不是事实，但是它准确地反映了卡夫卡内心的心理真实：回避甚至主动放弃对权势的继承权，甘愿成为一名无权势者，一个一无所有的人。

另一方面，宁做浪子、不愿成人还意味着卡夫卡身体的极端无能，这使他深感无力承担社会赋予的那个沉重疲惫的躯壳。这种显然缺乏生理基础的心理真实，基于卡夫卡自我意识中灵魂与身体的摩尼教式的极端分裂：当灵魂愈是敏锐时，身体却显得愈是笨拙；当灵魂愈自由时，身体则愈束缚；当灵魂愈崇高时，身体就愈丑陋。反之亦然，当灵魂愈是意识到身体的笨拙、束缚和丑陋时，则愈会加大扩深那个敏锐、自由和崇高的灵魂与身体间的鸿沟。此外，由于身体是灵魂进入社会的唯一通道，因而身体亦是灵魂受权势统治和凌辱的直接对象；这就造成了灵魂对于权势的逃避，在身体无所

卡夫卡所谓“惧怕父亲”的真正理由，就在于对整个权势结构的恐惧。“我像一个孩子，在成年人中流浪。”

[46] 克劳斯·瓦根巴赫：《卡夫卡传》，第 27 页。
[47] 卡夫卡：《致父亲的信》，载《诉讼》，孙坤荣译，第 289 页。

逃遁的前提下，必然表现为灵魂从身体的逃遁：它留下一个无能的身体，却保持了一个深邃的灵魂。

抵　抗

卡夫卡在一则残稿里写道：

> 在巴尔扎克的手杖柄写着：我在粉碎一切障碍。在我的手杖柄上写着：一切障碍都在粉碎我。共同的是：一切。[48]

关于写作，把卡夫卡与巴尔扎克那样的作家作一比较是饶有兴味的。

如果我们没有记错的话，在巴尔扎克的书桌上应该还有另外一条座右铭：拿破仑以剑未尽之业，吾将以笔完成。拿破仑仗剑平天下，巴尔扎克则用笔征服世界。他的《人间喜剧》与但丁的《神圣喜剧》（即《神曲》）遥相呼应，是一部人类社会生活的百科全书，描绘了几乎全部的、波澜壮阔的人类生活（如私人生活场景、外省生活场景、巴黎生活场景、政治生活场景、军旅生活场景和乡村生

由于身体是灵魂进入社会的唯一通道，因而身体亦是灵魂受权势统治和凌辱的直接对象；这就造成了灵魂对于权势的逃避，在身体无所逃遁的前提下，必然表现为灵魂从身体的逃遁：它留下一个无能的身体，却保持了一个深邃的灵魂。

[48] 转引自叶廷芳编：《论卡夫卡》，第 760 页。

活场景等），并试图揭示社会运作的基本规律；它是作家巴尔扎克创造的一个完满的宇宙，而巴尔扎克则是这个宇宙的上帝。

与之相比，布拉格的犹太业余作家卡夫卡的写作是让人十分汗颜的。他的大部分作品不过是些支离破碎的断简残片，他的写作也根本谈不上对世界的征服，而仅仅是对于外在世界的逃避——更重要的，是对于自己生命的拯救。在晚年的一封信中，卡夫卡向马克斯·勃罗德总结了他一生与写作的关系：

> 只是写作保存了我，但更准确地说，难道写作不是保存了我的这种生活？我并不是说，要是我不写作，我的生活会更好一些。恰恰相反，如果没有写作，我的生活会变得更糟，会变得无法忍受，会不得不以发疯了却一生。因此，我生活的先决条件是：当一个作家……[49]

“当一个作家”之所以会成为卡夫卡生活的前提，是因为写作是他抵御疯狂的绝望努力——“这是我为自我保存而进行的斗争”[50]。换句话说，不写作，则疯狂，乃至更糟——“自杀”。

“自杀”的意念频繁出现在卡夫卡的日记中，如“在沙发上躺了一小时，想着从窗户跳出去”[51]，“凌晨时分在床上痛苦地挣扎，认为唯一的解决办法是从窗户跳出去”[52]。

“从窗户跳出去”的冲动是值得分析的。“窗户”意味着借以观

[49] Franz Kafka, *Lettres to Friends, Family, and Editors*, p.333.
[50] Franz Kafka, *Diaries 1914-1923*, edited by Max Brod, trans. by Joseph Kresh, Schocken Books, New York, 1965, p.75.
[51] Franz Kafka, *Diaries 1910-1913*, edited by Max Brod, trans. by Joseph Kresh, p.211.
[52] Franz Kafka, *Diaries 1910-1913*, edited by Max Brod, trans. by Joseph Kresh, p.296.

望世界的缺口；窗外是正常进行着的世界，窗内的暗室则是孤独自我的象征。显然，“窗户”只是世界的观望口，不是进入世界的通道，后一功能应该由“门”——进入世界的正常渠道——来承担。对卡夫卡来说，孤独的自我显然没有受到囚禁，因为通向世界的门随时可以打开；相反，暗室是最适宜于真实自我蛰居的巢穴。自愿封闭的门暗示着真实自我的不愿妥协，同时，真实自我也对“拉班”式的派遣社会性的躯壳出外应世的方式感到厌倦，而暗室的真实自我又无望在光天化日的世界里得到承认，于是，有两条道路可供选择：不是彻底孤独以至于疯狂，就是跳窗。在这里，跳窗是灵魂逃逸的极端方式。

然而，窗口只是观望世界的缺口，确切地说，只是灵魂的出口，只有门才是身体的出口，也是以身体负载着灵魂的个体的真正出口。从灵魂的出口而非身体的出口到达外面的世界，是一种无视身体乃至破坏身体的举动，因而它是自杀。这种自杀扮演着三重角色：第一，它意味着灵魂的解脱；第二，它是对自己被以正常方式纳入世界的反抗；第三，由于个体从窗口眺望的仍然是正常的世界，这一举动还意味着，个体通过自己之死来惩罚自己，借以到达世界并与正常的世界和解。自杀的这三种功能正好是卡夫卡所需要的。现实中的卡夫卡之所以没有自杀，恰恰是因为写作在上述三方面成功地抵御了自杀：

因为写作为窗内的那个渴望逃遁的灵魂提供了“真正的生活”；

因为写作保存了暗室内的真实自我，使它在抗衡外出应世的虚假自我的同时，在窗户边坐得更稳了；

因为个体此刻也不必把自己从窗口扔出去以求自我惩罚，他使窗户继续保持着观望的本色，却在想象中一次又一次地差遣自己的某个化身（如格奥尔格·本德曼）顶替自己从上面（比如说“桥上”）跳下去，藉此与世界达成和解。

一条被踩住尾巴的蚯蚓

为了更好地认识写作在卡夫卡生活中扮演的角色，有必要深入了解卡夫卡生活的几个关键细节——他的人格分裂的状态，和他的婚姻困惑。

我们已经多次提到，卡夫卡生活在“真实自我”和“虚假自我”、“原形”和“躯壳”之间的激烈冲突之中。在这里，所谓的“真实”与“虚假”的区别，严格意义上更多地只具有心理学的意义，也就是说，只反映了卡夫卡自我意识中的主观评判的真实，而不是客观的价值评判。换句话说，无论是“真实”的还是“虚假”的自我，是“原形”还是“躯壳”，作为一种现实的存在，都是卡夫卡人格的组成部分。

在卡夫卡那里，所谓“真实自我”，就是一种不顾一切地欲从事精神生活（写作）的自我组成部分，这部分“自我”时时刻刻受到另一部分“自我”的妨碍和掣肘；后一部分“自我”是一个社会性的角色，在卡夫卡的心理真实中，它如同一个不得不承担的累赘的“躯壳”，与自我的“原形”形成鲜明的对比。这两个“自我”可以分别由两个意象代表：一个是夜晚秉笔自书的形象（“原形”），另一个则是白天衣冠楚楚的上班族（“躯壳”）。

需要指出，卡夫卡的社会性自我（“躯壳”）不是自我选择的结果，而是在父亲的塑造下被动形成的。这一特点决定了卡夫卡对于权势力量的反抗必然波及他自身，造成自我的极端分裂。卡夫卡从父亲所代表着的权势占据的一切领域的撤退，同时包括从他适应于父亲而形成的社会性自我的那一部分的撤退（后者是父亲在卡夫卡自我中的直接代表）。从童年开始，卡夫卡就不得不屈从于父亲的这种影响——一方面由于无力抵抗，另一方面又不失为自我的一种策略：以在父亲占据着的一切领域放弃抵抗、顺应父亲的影响为代价，把真实自我撤退得更远，隐蔽得更深，在更内在的同时也变得更坚定、更固执。

赫尔曼·卡夫卡为了把卡夫卡培养成一个有用的人，一个日后能跻身于布拉格少数德意志达官显贵的行列者，从小便把卡夫卡送进一所德语文科中学读书。这所中学是一个飞黄腾达的好地方，因为“哈布斯堡王朝为了填补官员的空缺，总是从中学中遴选优秀学生，培养他们当官”[53]。中学毕业后，卡夫卡曾明确表示，要以哲学为业，最终还是顺从父愿学了法律，成为一名法学博士，当上了保险公司的职员。这份工作正如其所学的法律，也正如父亲所影响的一切东西，从来没有让卡夫卡喜欢过。他曾多次表示，要“摆脱”办公室的一切，“以便开始我的真正生活”——写作[54]。

讽刺的是，正如父亲不理解儿子为什么不喜欢办公室，父亲同样不理解儿子的挚爱。有一次，当卡夫卡把刚出版的题献给父亲的小说集《在流放地》拿给父亲时，正在打牌的父亲极其冷淡地说：“把它放在床头柜上。”[55]用卡夫卡自己的话说，写作的卡夫卡与父亲塑造的卡夫卡之间的关系，“令人想起一条蚯蚓，它的尾部被人用一只脚踩住，它将其前半部挣脱，挣扎着一边爬去”[56]。

---

[53] 克劳斯·瓦根巴赫：《卡夫卡传》，周建明译，第 19 页。
[54] Franz Kafka, *Diaries 1910-1913*, edited by Max Brod, trans. by Joseph Kresh, p.211.
[55] 卡夫卡：《致父亲的信》，载《诉讼》，孙坤荣译，第 287 页。
[56] 卡夫卡：《致父亲的信》，载《诉讼》，孙坤荣译，第 287 页。

这个例子说明，卡夫卡有强烈的自毁动机：一个真实的自我为了获得一丁点的独立与自由，不惜撕裂与另一个被塑造的自我的关系。除此之外，这种自毁同时也不失为一种报复：通过毁坏被塑造的自我而报复那个自我的塑造者——父亲。就此而言，自毁在以下两方面都是可能的：第一，表现为肉体生命的毁灭；第二，孤注一掷地努力写作造成卡夫卡自我的分裂，本身也是一种自毁的表现，只是它以毁灭正常的社会生活来换取精神生活，从而代替了整个自我生活的毁灭。

卡夫卡生活中的另一个重要事件——三次订婚、三次退婚，也应该在自我分裂的基础上得到理解。

在卡夫卡心目中，结婚成家无疑是他“人生所能达到的极限”[57]，他在另处，甚至把它当成是另一种意义上的“真正的生活”（*dans le vrai*）[58]。但在现实中，结婚最初是被卡夫卡看作逃避父亲的“最堂皇、最富有希望的计划”[59]，而最终，他无奈地发现，自己“在精神上显然没有能力结婚”[60]。

这是因为，结婚成家是人类社会得以成立的基本单位或原子事实，它的实质在于把游散的个人整合在社会统治的结构中。结婚必然体现为一方对另一方的统治，这种统治更受到法律的保护，使得权势渗透进来成为最日常切身的事实。对卡夫卡来说，被权势剥夺得一无所有者，如果在结婚中不能建立对对方的统治，则势必反遭对方的统治。这样，结婚非但不曾给卡夫卡带来逃避和自由，反而

[57] 卡夫卡：《致父亲的信》，载《诉讼》，孙坤荣译，第 294 页。
[58] 马克斯·勃罗德：《卡夫卡传》，叶廷芳、黎奇译，第 93 页。
[59] 卡夫卡：《致父亲的信》，载《诉讼》，孙坤荣译，第 293 页。
[60] 卡夫卡：《致父亲的信》，载《诉讼》，孙坤荣译，第 300 页。

重新陷入一种新的家庭统治格局中——在此，妻子将成为父亲的代言人。

因此，卡夫卡的婚姻成功与否，就取决于这样一个事实：即将成为他妻子者，将在生活中代表谁？是代表家庭还是代表卡夫卡自己？卡夫卡与未婚妻菲莉斯·鲍尔的两次退婚，都出于同样的原因。在与家庭的关系中，卡夫卡要求菲莉斯完全站在自己一边，“让我在这方面全权代表你”[61]，而家庭则“希望找你当帮手，对付我的抗争”[62]。在这场斗争中卡夫卡若想获胜，就必然要求他的妻子能够全面理解他，以至于他可以全面代表她：“能有一个具有这种理解的人，也许，有这样一个妻子，将意味着从各方面得到支持，意味着得到上帝”[63]。然而，与其说这是一个“上帝”，毋宁说更是一个全能的“圣母”：她同时在精神和生活上都给予卡夫卡以无微不至的熨贴和照顾。而现实中的那位“F（指 Felice）则十有八九什么也不理解……”[64]“她要的是普通的生活，舒适的住房，我对工厂的关心，可口的食品，晚十一点上床，暖气；校正我的表……”[65]最后一点是耐人寻味的，它说明菲莉斯要把卡夫卡内在的时间“校正”为正常的时间秩序，说明她要使卡夫卡的内在世界适应外在的社会生活，而这对卡夫卡来说，无异于使逃遁的灵魂重受束缚，让反叛的心灵重新向权势结构纳贡称臣。菲莉斯当然不必非要站在卡夫卡家庭一边，她只是本能地站在一般意义上的“家庭”一边，因

---

[61] 卡夫卡：《卡夫卡日记》，陆洁、金坚范译，青海人民出版社，1987 年，第 282 页。

[62] 卡夫卡：《卡夫卡日记》，陆洁、金坚范译，第 282 页。

[63] Franz Kafka, *Diaries 1914-1923*, edited by Max Brod, trans. by Joseph Kresh, p.126.

[64] Franz Kafka, *Diaries 1914-1923*, edited by Max Brod, trans. by Joseph Kresh, p.126.

[65] Franz Kafka, *Diaries 1914-1923*, edited by Max Brod, trans. by Joseph Kresh, p.111.

而在无意中与赫尔曼·卡夫卡、与卡夫卡所惧怕的权势结构站在了同列。结果，退婚就变得势在必行——成为卡夫卡逃避权势力量的追踪，捍卫自己精神的独立的绝望的证明。

另外，卡夫卡显然也意识到，若结婚成家并保证家庭生活幸福，某些像父亲那样的或好或坏的品性——如统治欲、适应世界和与他人相处的能力、妥协、一定程度的虚伪——是必不可少的。然而，当这一切卡夫卡都不具备时，他不得不放弃结婚的念头，转而把自己的全部努力集中在争取精神生存的事业上。值得指出的是，以放弃自己结婚成家的权利而从父亲占据的权势领域的退出，同时也是一种强烈的自毁倾向的表现，其目的在于以断绝为父亲生育子嗣的方式来报复赋予自己以生命的父亲。

但是，卡夫卡自我的这两个部分（真实自我和社会性自我）的斗争，从来没有得到一劳永逸的解决。由于他自己的生活千篇一律地重复着（由他十五年如一日的办公室生涯所象征——他在一则日记中将这种生活比喻成受罚的小学生把无意义的句子抄上“十遍、百遍乃至更多”[66]），因此，他两个自我之间的挣扎——一个压迫另一个，另一个反抗这一个——同样将在时间序列上无限地重复着。当横向展开的自我搏斗被纵向的时间所无限加强时，两种自

值得指出的是，以放弃自己结婚成家的权利而从父亲占据的权势领域的退出，同时也是一种强烈的自毁倾向的表现，其目的在于以断绝为父亲生育子嗣的方式来报复赋予自己以生命的父亲。

[66] 卡夫卡：《卡夫卡日记》，陆洁、金坚范译，第 172 页。

我之间的争斗便成了一种永恒的命运。卡夫卡应该有西西弗的感觉（在一则日记中，他提到“西西弗是一个单身汉”[67]）。如果说卡夫卡的西西弗是抵抗权势的真实自我的话，那么他身前的巨石不是别的，恰恰是他的另一半自己，是他的社会性自我和在背后施加影响的整个权势结构。当这块巨石因为钟表时间的重复而愈显沉重时，真实自我的抵抗亦变得遥遥无期。在卡夫卡那里，弗洛伊德的名言“哪里有伊德（id），哪里就有自我”，应该被改写为卡夫卡的版本：“哪里有生活，哪里就有写作”。写作，作为真实自我所过的真正生活，必须与自我所过的虚假生活齐头并进；真实生活必须赎回虚假生活。鉴于卡夫卡的西西弗与他的巨石其实是同一个自我的两个部分（其“真实”与“虚假”的部分），故这两部分只能保持一定的张力而不能彻底断裂。一旦西西弗放弃了推举，巨石将把他碾得粉碎；同理，自我一旦放弃写作，没有意义的生活则必将导致自我的毁灭。写作正是在这种意义上挽救了生命；它使生命值得活下去，但同时它并没有从根本上解决问题，只是使死亡在此时此刻被推延了而已。正如瓦尔特·本雅明所说，叙述体在卡夫卡那里，“重新赢得了在山鲁佐德嘴里所具有的功能：使即将发生的事推迟到来”[68]，只不过山

在卡夫卡那里，弗洛伊德的名言“哪里有伊德(id)，哪里就有自我”，应该被改写为卡夫卡的版本：“哪里有生活，哪里就有写作”。写作，作为真实自我所过的真正生活，必须与自我所过的虚假生活齐头并进；真实生活必须赎回虚假生活。

[67] Franz Kafka, *Diaries 1914-1923*, edited by Max Brod, trans. by Joseph Kresh, p.205.

[68] 瓦尔特·本雅明：《弗兰茨·卡夫卡》（1934），载叶廷芳编：《论卡夫卡》，第 37—38 页。

鲁佐德的方式应该被正确地理解为卡夫卡自己抵御死亡的方式。除了通过叙述（写作）推延死亡之外，卡夫卡的叙述还包含着这样一层含义：只要叙述进行下去，死亡就将被无限期地推迟到来，仿佛死神此刻也被故事迷住了，以至于忘记了去挥动它那可怕的巨镰。

赎　罪

在讨论了卡夫卡对于权势的恐惧，讨论了他通过写作来逃避与抵抗权势之后，绝不应该忽视卡夫卡与权势关系的另一面：他对于权势的负罪，以及通过写作所作的赎罪，这就使得卡夫卡笔下个人与权势的关系，远较他人想象的复杂。

卡夫卡的负罪感与他的生活方式有本质的关联。作为灵魂逃避权势，从权势控制的一切领域——包括自己身体的领域——撤退的结果，卡夫卡留下的只是一个无能的身体，这使他在生活上必须仰仗别人。由于家庭为他提供了一辈子的庇护，卡夫卡在《致父亲的信》(1919) 中，终于借助想象中的父亲之口，道出了他在家庭和自我意识中自己的真实形象：寄生虫。

> 你没有生活的能力；为了使自己生活得舒适、无忧无虑而不必自责，你便证明说，是我夺走了你全部的生活能力并将其攫为己有。[69]

> 如果我没有搞错的话，这封信本身就足以证明，你是

[69] 卡夫卡：《致父亲的信》，载《诉讼》，孙坤荣译，第 306 页。

靠我过寄生生活的。[70]

正如我们已经指出，“没有生活的能力”是卡夫卡全力追求精神生活、发展精神能力的一种必要的代价。如果仔细分析的话，我们会发现，因为能力本质上属于身体，灵魂（精神）实际上是最无能的。换言之，灵魂本质上就在身体中寄生着。灵魂无影无踪，而身体占据时空。当灵魂为逃避权势的控制和追求自己的生活而排斥身体时（即便如此它亦不免依赖于身体的某些器官，比如握笔的手），它对身体有一种负罪感。家庭、社会、人群无疑是身体的扩展，故而是广义的“身体”（集体）。卡夫卡的负罪感是灵魂对身体的负罪，因而，它通过“身体”引发为对社会、对世界以及对作为前者之基础的权势结构的负罪。就此而言，你愈是追求纯粹的精神生活，你就愈是远离身体及其相关领域；而你愈把灵魂与身体之间的距离拉开，你就愈具有强烈的负罪感。这就仿佛一把对准自己的

卡夫卡的负罪感是灵魂对身体的负罪，因而，它通过“身体”引发为对社会、对世界以及对作为前者之基础的权势结构的负罪。就此而言，你愈是追求纯粹的精神生活，你就愈是远离身体及其相关领域；而你愈把灵魂与身体之间的距离拉开，你就愈具有强烈的负罪感。这就仿佛一把对准自己的弹弓，你愈是把弹丸拉离自己，你就愈将遭到致命的打击。

[70] 卡夫卡：《致父亲的信》，载《诉讼》，孙坤荣译，第 306—307 页。

弹弓，你愈是把弹丸拉离自己，你就愈将遭到致命的打击。这有助于我们理解卡夫卡作品常有的悖论性质：他最想摆脱的生活总是最切近地出现在他的作品中；他笔下的人物越是想证明自己的清白，他就越有罪。在晚年的一封信中，他把作家定义为“人类的替罪羊，他允许人享受罪愆而不负罪，几乎不负罪”[71]。这句话表明，背离群体的灵魂对群体（“身体”）感到罪愆，而群体作为“身体”则把罪愆让渡给灵魂，它自己不必也不会负罪。写作，作为灵魂的真正生活，具有赎罪的义务。

事实上，类似的想法很早就出现在卡夫卡的日记中：

> 如果一个伟大的学者在傍晚或者深夜里犯了罪，早晨你不得因此而责备他，因为他自己已在学问中为之忏悔。[72]

这句话来源于犹太教法典。作为犹太人，卡夫卡在提及犹太教事迹和人物时，总带有自况的意味（如他曾以希伯来人的始祖亚伯拉罕和以撒都曾弃绝过妻子，而为自己与菲莉斯的关系开脱[73]）。显然，卡夫卡引用这句话的真实用意在于，一个“作家”也可以在自己的写作中为自己“忏悔”。

在另一则日记中，他这样写道：

> 从今天开始坚持写日记！有规律地写！决不妥协！即

[71] Franz Kafka, *Lettres to Friends, Family, and Editors*, p.334.

[72] 1911 年 11 月 24 日日记。Franz Kafka, *Diaries 1910-1913*, edited by Max Brod, trans. by Joseph Kresh, p.161.

[73] Franz Kafka, *Diaries 1914-1923*, edited by Max Brod, trans. by Joseph Kresh, pp.159-160.

使得不到拯救，我也要每时每刻都无愧于拯救。[74]

只有当日记在某种意义上被当作“忏悔”时，它才相应地具有“拯救”的功能。无独有偶，到了1920年深秋，卡夫卡写下了这样一条格言：

写作是祈祷的一种形式。[75]

如果联系到《致父亲的信》中的说法——“我写的书都与您有关，我在书里无非是倾诉了我当着您的面无法倾诉的话”——来看，那么在卡夫卡眼里，被相继当成“忏悔”、“拯救”和“祈祷”的写作，无非是起着一种相同的功能：向父亲代表的权势力量告免，求得它的宽恕与理解，与这种力量达成和解。在这种意义上，当作家被当作“人类的替罪羊”时，作家的写作与他笔下的人物，则相应地成为作家的“替罪羊”：他的写作本身是谋求与世界和解的一种手段，而他采取的方法，则往往表现为，让作为作家化身（变形）的主人公执行权势对他的判决，让自己被视为污染和替罪羊而被清除，以赎去作家乃至人类之罪，恢复世界的正常秩序。其作品的典型代表是《判决》(1912) 和《变形记》(1912)。

[74] 1912年2月25日日记。Franz Kafka, *Diaries 1910-1913*, edited by Max Brod, trans. by Joseph Kresh, p.233.

[75] 克劳斯·瓦根巴赫：《卡夫卡传》，周建明译，第121页。

挽歌的艺术

可以重新概括一下卡夫卡写作的理由：

一、写作是为了逃避以父亲为象征的权势结构的控制；

二、写作是抵御无意义之生活的绝望努力；

三、写作是为了通过作品来赎自己之罪。

通过这三项理由可以清楚地发现，卡夫卡写作的最根本的目的，是为了拯救自己的生命。如果写作未能提供一块父亲势力所未及的净土；如果“灵魂的真正生活”未能在每一天成功地抵御日常生活的无意义；最终，如果不是写作用主人公的一次次死亡来代替自己承担无法排遣的罪恶感，那么，正如我们证明的那样，摆在卡夫卡面前的“出路”，无疑只有“疯狂”和“自杀”。

在1920年深秋致密伦娜的一封信中，卡夫卡谈到他正在读的一本中国的书（疑为《庄子》），书中讲到，一个人一生都在为自己唱挽歌，接着，卡夫卡夫子自道说：“我们自己呢，一连几年，我们都是这样躺着唱挽歌的”[76]。为自己唱挽歌者，当他停止歌唱时已经死了，因而他的歌唱是他生命的证明。卡夫卡笔下的海妖塞壬们之所以忍不住要悲鸣，并不是她们想诱惑行人，而是因为“她们知道自己长着爪子，子宫是不育的，她们为之引吭高歌。如果她们的悲歌听起来如此美妙动人，那也不过是她们情不自禁非唱不可罢了”[77]。在致密伦娜的另一封信中，卡夫卡写道：“没有人比地狱深处的人歌唱得更为纯洁。我们以为是天使的歌唱，其实是他们的歌

---

[76] 克劳斯·瓦根巴赫：《卡夫卡传》，周建明译，第136页。

[77] Franz Kafka, *Parables and Paradoxes*, p.93.

唱。”[78] 卡夫卡自己的作品亦然。晚期代表作之一《饥饿艺术家》(1922) 中的饥饿艺术家，正是卡夫卡这类艺术家的鲜明写照。饥饿艺术家之所以选择忍饥挨饿，不是因为他热爱饥饿，而是因为他“找不到适合自己口味的食物”[79]。整个世界都不适合他，他将何去何从？他只有把挨饿当作抗拒饥饿的唯一武器，在挨饿中，在不断延长挨饿的时间这门“艺术”中，以抗拒饥饿来证明自己的存在。挨饿的程度变成了抗拒饥饿的艺术，正如忍受痛苦的悲鸣变成了美妙动人的歌声，哀叹死亡的挽歌成为对生命最后的赞颂。

因此，可以毫不夸张地说，卡夫卡写作的真正目的，是为了赎回一个新的卡夫卡。正如他自己所说：“我看重的只是进行写作的那些瞬间。”[80] 特别是在那样一些瞬间，他感到“把握住自己，就像一个人把握住一只下坠的球”[81]。显然，卡夫卡在这里把对写作状态的把握，与对自己人生（“下坠的球”）的把握相提并论，而这是最振奋人心的时刻。通过写作，“我已经变得多么地坚定不移！以前，如果我说了与当时的潮流相反的一个词，我就会立即飞向那一边，而现在我只是看着自己，依然故我”[82]。一种新的生命自信在逐渐地成长起来。

卡夫卡所谓的那种“内在的不可摧毁的东西”[83]，应该联系到写作、联系到写作带来的境界加以理解。它不是生命本来具有的东

[78] Ronald Gray, *Franz Kafka*, Cambridge University, 1975, p.33.
[79] 卡夫卡：《卡夫卡短篇小说选》，孙坤荣编选，外国文学出版社，1985 年，第 296 页。
[80] 叶廷芳编：《论卡夫卡》，第 476 页。
[81] 1912 年 3 月 16 日 日 记。Franz Kafka, *Diaries 1910-1913*, edited by Max Brod, trans. by Joseph Kresh, p.254.
[82] 1912 年 8 月 19 日 日 记。Franz Kafka, *Diaries 1910-1913*, edited by Max Brod, trans. by Joseph Kresh, p.266.
[83] 卡夫卡：《卡夫卡寓言与格言》，张伯权译，黑龙江人民出版社，1987 年，第 50 页。

西，而是由写作独立建立起来的精神力量。在论及《乡村医生》之类的作品带给他的满足时，卡夫卡说："只有当我能够把世界提升到纯洁、真实、恒定的境界时，我才感到幸福。"[84] 然而，无论我们如何从《乡村医生》中煞费苦心地去寻找，想在整篇小说中发现任何"纯粹、真实、恒定的境界"，显然都是徒劳的。因而我们有理由认为，这种境界绝非小说中现实营造的某种想象的乌托邦。卡夫卡的真实意思其实是说：通过小说叙事的展开，通过对小说叙述节奏的恰到好处的控制，作家自己摆脱了充塞着小说的那种梦魇般纠缠的情绪，从而获得了另一种意义上的心灵解脱。其实，这种手法屡屡为卡夫卡所用。我们绝不应该忽视作家与他笔下人物之间的距离，即使他笔下的主人公往往是自己的化身。对卡夫卡来说，越到他写作的后期，这种距离就越重要，也越明显。在一则日记（1914年12月13日）中，他透露了自己欺骗读者的小小伎俩：

> 我所写下的最好的东西，其基础便是我这种心满意足地面对死亡的能力。
>
> 因而，实际上，在我所描绘的死亡场面中，我欣赏着自己的死亡，因此精心利用读者集中于死亡的注意力，比读者更清楚地理解死亡，我想读者在临终时将大声悲恸，

无论我们如何从《乡村医生》中煞费苦心地去寻找，想在整篇小说中发现任何"纯粹、真实、恒定的境界"，显然都是徒劳的。

---

[84] Franz Kafka, *Diaries 1914-1923*, edited by Max Brod, trans. by Joseph Kresh, p.107.

> 因为这些原因，我的悲伤达到了尽可能完美的境地，并不像一种事实发生的悲伤那样突然玩完了，而是优美而纯洁地消逝。[85]

作家在写作中欣赏着“自己（作品中的主人公）的死亡”，并使悲伤的感情达到“尽可能完美的境地”，最后又“优美而纯洁地消逝”，这与《乡村医生》这类作品所带来的“真实、纯洁、恒定的境界”何其相似！作家通过作品中的人物之死，无异使自己获得了新生。这个作家是随着他的作品慢慢诞生出来的。作品仿佛是卡夫卡经常认同的那些虫子蝉蜕后遗留的壳，它们的真正目的是为了另一件作品——作家卡夫卡穿过这些空壳脱颖而出。

作品仿佛是卡夫卡经常认同的那些虫子蝉蜕后遗留的壳，它们的真正目的是为了另一件作品——作家卡夫卡穿过这些空壳脱颖而出。

[85] Franz Kafka, *Diaries 1914-1923*, edited by Max Brod, trans. by Joseph Kresh, p.102.

第二章
Chapter 2

方法与分期

在开始讨论卡夫卡的具体作品之前，我们需先处理一个较技术性的问题：卡夫卡作品的研究方法和分期。研究方法与分期问题紧密相连，因为方法问题直接关系到分期的展开：对于分期理由的讨论。

三个身份

卡夫卡给后世的印象是不统一的。对他的评价系统介乎有神论的宗教圣徒和无神论的荒谬英雄、无所畏惧的反抗者和恐惧焦虑的弱的天才之间，众说纷纭，莫衷一是。但综合起来考虑，可以说，三种形象组成的复合体，构成了卡夫卡的基本身份。

第一个身份可以由他的著名信件《致父亲的信》(1919) 所代表：一个儿子。这一点并不惊人，但绝非平常。因为卡夫卡一辈子没有离开过他的父母，一辈子没有结婚（他曾三次订婚，又三次退婚），从这个角度而言，他一直秉有家庭赋予他的这个身份。而且，这个儿子活得不太好，他很痛苦。这已经变成了一个世界性的形象。网上一段广泛流传的卡夫卡作品广告词，就是这么说的：

> 卡夫卡曾说：陀思妥耶夫斯基是一个流血的童话。其

> 实这句话完全可以形容他自己，唯一不同的是，也许卡夫卡的伤口更深。他的那些童话或者寓言，他的几乎每一部作品，如《城堡》、《变形记》、《地洞》等等，无一不在昭示着苦痛、绝望和孤独的命题，这些都被卡夫卡从人类几乎不可能到达的深处挖了出来，很多年以后，人们被卡夫卡的发现震惊了。[86]

卡夫卡是一个很痛苦的人，他的作品里到处流露出孤独与绝望。这一形象显然也可以从他自己的原话中得到证实：

> 心脏是一座有两间卧室的房子，一间住着痛苦，另一间里面住着欢乐。人不能笑得太响，否则笑声会吵醒隔壁房间的痛苦。[87]

悲观主义态度：欢乐与痛苦如影随身。但两间屋子的心脏之喻是典型的卡夫卡式的。

还有一句话：

> 两个人在一起的时候，他感觉比独自一个人的时候还要孤独。[88]

---

[86] http:www.en8848.com.cn/soft/Fiction/Classic/92.html。

[87] 古斯塔夫·雅诺赫：《谈话录》，《卡夫卡全集》第5卷，叶廷芳主编，赵登荣译，河北教育出版社，1996年，第325页。

[88] 卡夫卡：1922年5月19日日记，《卡夫卡全集》第6卷，叶廷芳主编，孙龙生译，河北教育出版社，1996年，第465页。

可以想象的是，在人群中那个人更孤独了。

第三句涉及绝望，是卡夫卡一组随笔《他》中的一句：

他有这个感觉：他通过他的存在堵住了自己的道路。由这一阻碍他又得到了证明，他还活着。

他自己的额骨挡住了他的道路，他在自己的额头上敲打，把额头打得鲜血直流。[89]

一个痛苦的人、孤独的人、绝望的人——这里毫无疑问有部分真理。“我像一个儿童，在成人中间流浪。”[90] 儿子，这是卡夫卡的第一个身份；在这种身份中，他一辈子没有摆脱他的父母，没有成人，也没有结婚。

卡夫卡的第二个身份与他在社会中承担的工作——律师——相关。从 1907 年开始一直到 1922 年，卡夫卡基本上是在同一家公司（工人工伤保险事务所）工作。他的工作经历与写作生涯基本上重合：他最早的作品主要始于 1907 年（如《乡村婚礼筹备》）；1922 年则是他创作《城堡》的关键时刻，他亦于同一年退休。

卡夫卡的第一个身份具有痛苦和情绪化的特征，而律师生涯则赋予了卡夫卡另外一个明显的特征。我们知道，律师的职业生涯要求他关注两件事：一是对所发生的事情进行描述；二是针对其所涉及的法律条文作出解释。这是一项十分理智的工作。我们在卡夫卡的创作中也发现了类似的特征：他的写作方式常常开始于对某个事

[89] 卡夫卡：《卡夫卡随笔集》，叶廷芳编，黎奇、张荣昌、郭鋕华译，第 90 页。
[90] 克劳斯·瓦根巴赫：《卡夫卡传》，周建明译，第 27 页。

件或事实的描述，然后再展开对其的解释和进一步的说明。导言中引用的第三个小故事即是如此，故事开始于一个事实："我爱一个姑娘，她也爱我，可是我不得不离开她。为什么？"先给出一个事实，再来解释为什么，这是卡夫卡典型的行文方式。这样一种写作方式与他的法律生涯息息相关。

但是，仅仅指出这一点，对于了解卡夫卡独特的创作风格显然是不够的。我们必须补充两个重要的方面。

第一，卡夫卡笔下作为叙事开端的事实，并非客观的事实，而是带有强烈情感的事实。例如《变形记》的开头："一天早晨，格里高尔·萨姆沙从不安的睡梦中醒来，发现自己躺在床上变成了一只巨大的甲虫。"[91]还有《诉讼》的开头："一定是有人诬告了约瑟夫·K.，因为，他没干什么坏事，一天早晨却突然被捕了。"[92]犹如梦醒之后发现，噩梦就是事实，两部小说的全部叙事都是从这些给定的事实出发的。在这种意义上，小说之后的情节发展其实具有对于开头发生的事实加以阐释的功能。

第二，更为重要的是，鉴于卡夫卡小说开始叙述的事实往往是具有强烈的心理内容的创伤体验，因而，小说后面对于事实给出的解释，也就相应地具有平复和疗救创伤的形式上的作用。形式平衡内容，只有当创伤体验在叙事阐释中变得模糊不清、似是而非之际，才是叙事阐释达到目的之时——即忘记了创伤。由此，叙事阐释恰如瓦尔特·本雅明所说的那样，在卡夫卡那里，"重新赢得了

---

[91] 卡夫卡：《变形记》，《卡夫卡全集》第1卷，叶廷芳主编，张荣昌译，河北教育出版社，1996年，第106页。
[92] 卡夫卡：《诉讼》，《卡夫卡全集》第3卷，叶廷芳主编，章国锋译，河北教育出版社，1996年，第3页。

在山鲁佐德嘴里所具有的功能：使即将发生的事推迟到来”[93]；换句话说，叙事阐释帮助作者实现了在文本中的逃避和隐身，其目的在于推迟和摆脱对那种刻骨铭心的创伤的体验。

借助于上述认识，我们可以对卡夫卡叙事文体的某些鲜明特征作出相应的解释。

首先，他的作品中往往存在着大量的对话。例如，在写于 1922 年的长篇小说《城堡》中，其第四章除去开头部分外，由一个对话组成；其第十五章更甚，这段在 K. 和奥尔嘉之间展开的对话，在德文原著里长达 77 页，在中文中则占了 79 页，整章仅仅是对话，完全没有描写。在卡夫卡那里，对话令人想起法律调查和质询的形式，但究其实质内容，则经常具有日常生活中一般闲聊那样的作用，即不预设任何目的，对话本身即目的，旨在稍释原初事实所带来的强烈的焦虑和紧张。

另外还有一个与他法律生涯有关的特征，即抗辩。在《诉讼》中，有一天约瑟夫 · K. 在家里被法庭逮捕了，但法庭允许他随便走动。他觉得自己无罪，所以一到星期天就去找法院，但其实法院并没有征召他。于是，他自己一直酝酿着要写一份抗辩书，以控诉法院贪赃枉法，并申诉自己无罪。但是法院始终没有给他这个机会。该小说写于 1914 至 1918 年间。这一时期正是卡夫卡与其父亲的关系陷入强烈冲突的时期。他在 1919 年写成《致父亲的信》，其中译文长达 47 页；如果我们把小说与生活相联系的话，可以把这封信看做是《诉讼》中想写而一直没写的抗辩书的最终完成。然而，耐人寻味的是，即使这份长信也没有到达卡夫卡父亲手里，这使我们怀

[93] 瓦尔特 · 本雅明：《弗兰茨 · 卡夫卡》（1934），载叶廷芳编：《论卡夫卡》，第 37—38 页。

疑，卡夫卡写作此信的目的也许根本不在于提交，而只是满足于其当下的倾诉。

最后一个特征是评论，是对于某个故事——相当于某项法律条文——的解释。典型的例子是《诉讼》中神父与约瑟夫·K．的讨论，讨论从各种角度出发，对寓言《在法的门前》作出了不同的评论和阐释。《诉讼》中的例子证明，围绕着寓言文本的阐释并非旨在得出某个终极结论，因为约瑟夫·K．“太疲倦了，无法仔细考虑从这个故事中引出的所有结论”，而仅仅满足于从某个解释到另一个解释之间的辗转游移，最终又“被引导到陌生的思路上去了”[94]。这种叙述使评论的思绪如溪流融入文本的广漠——任其蒸发殆尽，或者转入地下的暗流。

以上三方面或多或少都与作者的律师生涯有关，或者说，卡夫卡的律师生涯有助于其采纳并强化那种类似于法律文本的思考方式。但卡夫卡的文本并非从其律师生涯中直接而来，而是受到了其生存体验的强烈驱使。换句话说，那种带有强烈情绪的事实或体验，

但卡夫卡的文本并非从其律师生涯中直接而来，而是受到了其生存体验的强烈驱使。换句话说，那种带有强烈情绪的事实或体验，始终作为前提而存在着，并导致那种起抵御或平衡作用的文本阐释必须采取荒诞乖张、不知所云的叙事策略，才能实现其终极目的：对于所恐惧对象的误导。这种处心积虑、王顾左右而言他的叙事策略，帮助解释了卡夫卡文本特有的那种怪诞感。

[94] 卡夫卡：《诉讼》，《卡夫卡全集》第3卷，叶廷芳主编，章国锋译，第177页。

始终作为前提而存在着，并导致那种起抵御或平衡作用的文本阐释必须采取荒诞乖张、不知所云的叙事策略，才能实现其终极目的：对于所恐惧对象的误导。这种处心积虑、王顾左右而言他的叙事策略，帮助解释了卡夫卡文本特有的那种怪诞感。

如果说卡夫卡的第一个身份是一个痛苦的儿子，那么，与之相比，卡夫卡的第二个身份则是一个律师形象。需要指出，这位律师所辩护的唯一对象是自我；其辩护的目的与其说是为了打赢官司，毋宁说更是为了促使自我这一罪犯的逃亡——不是逃向任何一种异域，而是逃入文本的深处。自我的辩护律师或曰文本的逃亡者，这是卡夫卡的第二个形象。

卡夫卡的第三个身份首先令人想起他在后世的社会形象：一位圣徒。我们已经指出，这一形象滥觞于卡夫卡的生前好友马克斯·勃罗德，日后经众多文人和大众文化的推波助澜，被塑造成为20世纪人类精神的象征。这一形象的实质是，一切都从宗教或哲学出发，把卡夫卡的作品看成是抽象观念的具现。但这一形象并非我们这里所欲讨论的。

我们所要讨论的形象可以借助于一本书。卡夫卡在他的晚年(1920)结识了一位年轻的朋友古斯塔夫·雅诺赫（当年17岁）。雅诺赫是卡夫卡同事之子，也是一位文学爱好者。当时他老去找卡夫卡，把卡夫卡当作他生活的导师；每次交谈之后，他都会把谈话内容记录下来。战后，雅诺赫把交谈内容结集，取名为《卡夫卡对我说》付诸出版（1951）。今天，该书获得了德语世界最著名的两部谈话录之一的盛誉（另一部是《歌德谈话录》），其中译文现已收入中文版《卡夫卡全集》的第五卷。在这部书中，卡夫卡确乎具有某种圣徒般的魅力。相对于青春迷惘期的雅诺赫而言，书中的卡夫卡显得成熟、智慧，犹如一位父亲。在雅诺赫看来：

> 我的卡夫卡博士是我青年时代最重要的基本经历，是一种又甜又涩的、调动我的所有生存力量的震动，是我生长的脊椎。[95]

正如措词本身所带有的青春期味道，这段话反映了一个青年对于其导师／父亲的印象。这一印象标志着卡夫卡晚期形象的一个突出变化：逐渐呈现出一个智者的形象；他所说出的话似乎是真理。

很多学者都曾指出，卡夫卡有极富幽默和智慧的一面。勃罗德在他的回忆中曾经提到：一次卡夫卡去找勃罗德，不慎吵醒了勃罗德的父亲，卡夫卡没有说抱歉之类的话，而是“十分温顺，像要慰抚他似的举着双手、踮着脚尖轻轻地走过房间，说：‘就当我是一场梦吧！’”[96]。但这里，比性格的纠偏更重要的，是认识到卡夫卡创作中晚期思想的转型。一则 1917 年的格言显示了这一点：

> A 目空一切，他以为他在“善”方面远远超出了他人，因为他作为一个始终有诱惑力的物体，感到自己面临着日益增多的、来自各种至今不明方向的诱惑。
>
> 正确的解释却是：一个大魔鬼上了他的身，无数小魔鬼就纷纷涌来为大魔鬼效劳。

我们首先看到的是一组以主人公视角拍摄的特写，一组主观镜

---

[95] 古斯塔夫·雅诺赫：《谈话录》，《卡夫卡全集》第 5 卷，叶廷芳主编，赵登荣译，第 289 页。
[96] 克劳斯·瓦根巴赫：《卡夫卡传》，周建明译，第 219 页。

头蒙太奇:“他”因为感觉到自己成为周围视线交汇的中心而沾沾自喜;然后,镜头慢慢拉开,逐渐拉远,变成一个大全景镜头。在新的视野中,主人公和周围的一切相继进入镜头中,成为被观看的对象,这时候我们才看清那极富于喜剧性的事情的真相:周围人群所簇拥着的其实并非主人公,而是“他”头上盘踞着的一个大魔鬼!这里,伴随着镜头从特写向大全景的转移(表现为从格言的第一段过渡到第二段),体现的也正是哲学认识论从表象向真理、从凡人视角向上帝全知全能视野的飞跃。恰如格言文辞所示,卡夫卡通过格言想告诉我们的,是一种不折不扣的真理,一种正确答案。真理话语在文本中的大量出现,成为卡夫卡晚期作品最鲜明的特征。

一个痛苦不堪的儿子,一个处心积虑的逃亡者,一个智者形象,这就是卡夫卡写作中的三种身份——三者都是卡夫卡。换句话说,卡夫卡不仅仅是唯一的,更是复数性的,任何看不到这一点者,都面临着扭曲卡夫卡的危险。

伴随着镜头从特写向大全景的转移(表现为从格言的第一段过渡到第二段),体现的也正是哲学认识论从表象向真理、从凡人视角向上帝全知全能视野的飞跃。

卡夫卡不仅仅是唯一的,更是复数性的,任何看不到这一点者,都面临着扭曲卡夫卡的危险。

反思的文本

尽管卡夫卡有多样性身份，但这些身份仍属于文本现象。换言之，卡夫卡身份的多样性是靠其写作和文本的统一性来整合的。文本，只有文本，为卡夫卡的各种身份提供了一个可供分析的整体。但是，作为一位艺术家，卡夫卡的文本究竟是如何构成的？

我用一个词来概括，称之为“反思的文本”。典型的卡夫卡文本往往从某个既定的感觉或体验（作为事实或事件）出发，它不设定统一的空间与时间来展开叙事，而是针对所描述的事实或故事进行不断的反思，重新跳出来评价它，质疑它；为它辩护或者促其发展。感觉和体验是这种文本存在的原因和前提（*raison d'être*），而对于感觉和体验所进行的分析与思考，则提供了这种文本发展的动力机制。在具体形式上，无论是前文所涉的对话、抗辩和评论，还是中晚期大量出现的格言、寓言，或者几部长篇小说，都属于这种反思的文本，一种不断超越其前提的文本，一种实验文本。

其次，我们需要注意的是，这种文本是思想本身状态的外化，是思想位于前沿时的状况。但是，卡夫卡的文本并不是意识流。与自然主义、科学主义的意识流写作迥然不同，卡夫卡的反思文本预设了两组水火不容的数据在更高层面上的汇聚和交融：体验的切身

卡夫卡的反思文本预设了两组水火不容的数据在更高层面上的汇聚和交融：体验的切身性与思维的精密性。单就前者而言，他是一位诗人；单就后者而言，他是一位思想家；只有二者的统一，卡夫卡才成为卡夫卡。

性与思维的精密性。单就前者而言，他是一位诗人；单就后者而言，他是一位思想家；只有二者的统一，卡夫卡才成为卡夫卡。这样的一个卡夫卡是我们可以感觉的，更是可以思考的。

作为反思的文本，卡夫卡的写作是一个可以随时被中断和放弃的过程。今天之所写可与昨天截然不同，而现在的构思亦不能保证将来一定兑现，这导致卡夫卡的整个写作都具有断片性质，或者可称之为“广义的日记”。而日记总是日新月异的，没有人会愿意花十年时间写一篇日记。通过对卡夫卡作品的分析，我们可以进入他的思维程序。当我们作为读者阅读作品时，其实我们也同时参与了他的思考。作为断片，卡夫卡的作品始终处在继续生成的临界点上。不断反思的写作方式本身就是一种批评：它在评述着自己。在这种意义上，我们进入卡夫卡文本的同时，就等于进入了他的思维过程；我们的批评就等于参与了他的工作。

但我们不能因此而急于塑造铁板一块的卡夫卡，这是由其作品本身就不完整所决定的。构成其文本的方式不是只有一种，而是至少三种。卡夫卡为我们提供了一个非常好的分析材料，使我们有机会从内部了解现代文本生成的机制。卡夫卡的三部长篇小说都未完成，并非意味着作者没有足够的时间来完成，而是说，这些文本在本质上是不能完成的：卡夫卡其实没有机会将其熔铸为一个内在统一的整体。但是，从另外一个角度而言，卡夫卡的这种没有机会，本身又给我们创造了一种独特的文本。这种文本致力于将感觉与思想之间似乎不可能穿越的地带，通过卡夫卡特有的方式自由交融，达到出人意料的效果。因此，他的大作品和小作品之间在形式上存在高度的一致性：大的文本其实不外乎是一系列片段的组合，而片段则构成卡夫卡文本的“原子命题”，为我们提供了解剖卡夫卡文本之秘密的遗传密码和基本信息。

具体而言，与卡夫卡的三种身份（形象）相对应，可以把卡夫卡的文本分成三种不同的类型或三种不同的叙事方式。人们既可以通过卡夫卡文本的最小单位（如格言、寓言），也可以通过其长篇小说来把握和分析这些类型。在我看来，卡夫卡阐释的复杂性，在相当程度上，是由于阐释者不易分清这三种不同的叙事方式所致。在所有的卡夫卡阐释中，凡是想要把卡夫卡塑造成一个完整统一的形象者，都会因为忽视了卡夫卡文本实际存在的三种类型，导致对卡夫卡的简化乃至歪曲。

卡夫卡的第一种叙事类型呈现出一种冲突格局，尤其体现为主人公与父亲（或某种类似于父亲的权威象征，如法庭、城堡）之间相持相让的冲突。用逻辑的术语讲，呈现为一种二元对立的逻辑，或用数字表示为“二”。这一类型代表着外部世界关于卡夫卡文本的最标准的看法。在这种类型中，卡夫卡的人格形象即为一位因深陷于父子冲突而痛苦不堪的儿子，其文本形态则表现为叙事在真／假、正／反、罪／罚两种价值之间来回摇摆、疲于奔命的历程。

卡夫卡的第二种叙事类型，呈现为一种试图竭力超越和摆脱上述冲突格局的态势，用逻辑的术语表示，即一种超出了二元对立的多值逻辑观，其真值可用“三”来表示。在这种类型中，叙事的动

他的大作品和小作品之间在形式上存在高度的一致性：大的文本其实不外乎是一系列片段的组合，而片段则构成卡夫卡文本的“原子命题”，为我们提供了解剖卡夫卡文本之秘密的遗传密码和基本信息。

力来自于对前述二元对立格局的逃避、偏离和超越。在这一阶段，文本对于卡夫卡来说犹如一个寄身的母体。然而，恰如只有跻身于母体的最深处，才能找到不被外界发现的安全港湾，卡夫卡的文本也必须一次次穿上荒诞乖张、似是而非的叙事外衣，方能实现自己的目的。寓言和格言是这种叙事类型的典型形式。在不断的偏离、逃亡过程中，叙事经常经过一个循环又回到了起点（如《城堡》）。这种为自己画圈的行径恰如其分地表述着行为者的真正意图：在排斥和迷惑外界的同时把自己封闭起来。

然而，只有补足第三种视角，卡夫卡的叙事类型才是真正完备的。在这种视角中，卡夫卡尝试使用截然不同的叙事策略，即他不再满足于主体和文本二者皆如行星般疲于奔命的命运，而开始向往那种恒星才有的静默和超脱；在第三种类型中，卡夫卡的叙事犹如进入了深潭的溪流，任凭外在世界围绕着它喧嚣，呈现出自足和不假外求的宁静。这种类型具有数字“一”的性格。

需要指出，卡夫卡的这三种叙事类型并非从一开始就存在，而是经历了一个过程。三种叙事类型分别与其作品的早、中、晚期约略相当。他晚年最重要的作品如《城堡》，则同时采用了三类叙事方式。分析卡夫卡最困难的地方在于，我们不仅要充分关注卡夫卡

在这种视角中，卡夫卡尝试使用截然不同的叙事策略，即他不再满足于主体和文本二者皆如行星般疲于奔命的命运，而开始向往那种恒星才有的静默和超脱；在第三种类型中，卡夫卡的叙事犹如进入了深潭的溪流，任凭外在世界围绕着它喧嚣，呈现出自足和不假外求的宁静。

所使用的不同叙事方式，更要充分考虑他的成长过程。这一过程不仅仅涉及其心理和人格的成长，更关乎其叙事艺术形式的成长。

作品分期

在以上讨论基础上，我们把卡夫卡的作品相应地分成三期。

卡夫卡第一时期的作品包括1907—1914年间写作的小说，最著名的有《乡村婚礼筹备》(1907)、《判决》(1912)、《变形记》(1912)、《美国》(1912—1914)。卡夫卡写作的基本主题是处理个人与权势（子－父）的关系，在这一时期，这一关系主要体现为个人（特别是他的真实自我）对于权势的逃避、隐匿以及暴露与受罚。在这一时期的作品中，小说的叙事基本上预设了两个层面：主人公的真实自我与虚假躯壳的对立；叙述的角度与主人公的意识同一，它或以虚假躯壳或以真实自我的面目出现，而最终总是以真实自我的毁灭告终，这一结局意味着个人的真实自我在被权势化的社会生活中注定无处容身。

早期作品比较情绪化，比较接近于前文所描述的那个痛苦而绝望的卡夫卡。拉班式的幻想——让真我呆在家里，派躯壳出外应世——标志着个人逃避权势的最初方式，它注定是无效的，这是因为它的私人隐秘性本身，即为缺乏在社会生活中的客观存在价值的明证。《判决》则代表着真我逃避的另一种可能：使躯壳尽可能地适应权势的需要，甚至比权势代表更成功地嵌入权势结构之中，以便彻底地改造乃至忘却真我，却被洞悉真相的权势施加的严厉判决还原到真我，导致真我的毁灭。与此相反，《变形记》则又重新返回到真我的立场，这一真我在公共生活中的合适象征，即笨拙无能、过寄生生活的大甲虫，它既因为不堪虚假躯壳的重负而把自己暴露出来，又出于对理想生活的渴望，试图以本来面目出现来谋求他人的理解，并开展真正的交往。甲虫之死证明它在社会生活中的不可容身性。而甲虫之自愿执行他人（代表着家庭的妹妹）的判决，则暗示着真我之强烈的负罪感以及赎罪的努力。在这一系列作品中，还有最后一种逃避权势的方式，那就是在事实上逃到某个理想国——比方说美国——的尝试，这由卡夫卡的第一部长篇《美国》（原名是《失踪的人》）所代表。尽管《美国》的主人公卡尔·罗斯曼在美国历经艰险、受尽磨难，但卡夫卡仍计划在小说的最后部分（未完成）给卡尔·罗斯曼安排一个较好的结局。卡尔·罗斯曼想当一名艺术家，他加入了俄克拉荷马剧院，然后登上赴俄克拉荷马的火车。俄克拉荷马（Oklahoma）意为“美丽的国度”（beautiful country）；而卡尔离开的城市则叫 Clayton，即死人城（town of clay），意思是“坟墓”（grave）。结局是充满光明的，卡尔摆脱了险象环生的“坟墓”，奔向希望闪烁的“美丽国土”。这一结局安排正好反映出实际生活中的卡夫卡摆脱困境的企图。他曾多次想逃离一生不曾离开的布拉格，但“布拉格缠着我……这个老妈妈有许多利爪”。1912 年至 1913 年间（正是写作《美国》之际），他曾多次打算去巴勒斯坦旅行，甚至考虑移居到那里，但终于未能成行。卡夫卡似乎已经认识到，从一个地方逃到另一个地方，其实质不过是从一种权势逃离到另一种权势而已，此中绝无出路。可能正是出于这种考虑，卡夫卡曾经给《美国》设想过另一种截然不同的结局，在那里卡尔最终被处决了——尽管它尚来不及付诸实施[97]。

---

[97] Peter Mailloux, *A Hesitation Before Birth: The Life of Franz Kafka*, Associated University Presses, 1989, p.348.

卡夫卡第二时期的作品建立在认识到真我无路可走的基础之上。这一前提决定了个人与权势的关系必须采取的新策略与新方式。这一阶段的作品有两个重要的特色：第一，写作的自我已渐渐通过写作摆脱困局，在小说中建立了一个新的角度。因为有了这个新角度，真我与躯壳之间带有价值色彩的层序性垂直差别，转变成不带价值色彩的水平差别。在作品中，这种新角度时而以一种旁观的第三者眼光出现，时而以整部作品的自嘲与反讽式语调出现，或是集中于作品所环绕的一个中心寓言。作者此时绝不再与作品主人公的意识彻底同一，甚至不与作品中任一人物的意识彻底同一，而是与作品本身保持着一定的距离。他仿佛是自己作品的观众，冷静地旁观着个人与权势之间发生的戏剧。这一阶段大概从1914年到1918年，包括《在流放地》、《致科学院的报告》和长篇《诉讼》等重要作品。第二，正因为作者的眼光在作品中游移不定，它意味着卡夫卡已经为自己找到一种合适的文体——寓言（寓言是这一时期作品采取的主要形式）。作者借助寓言探讨个体与权势的关系，同时又使作者隐身于寓言中，使作者成功地逃避权势的追踪。

第二时期的巅峰之作无疑是《诉讼》(1914—1918)，一方面是因为《诉讼》的创作年限涵盖了整个第二时期（1914—1918），另一方面，更重要的是，这部作品与同一时期卡夫卡其他形式的创作（格言和寓言）和以《城堡》为代表的晚期作品（1918—1924），存在着明显的互文关系，因而，在某种意义上，可以被看做他的全部作品的一个中间阶段，一座承前启后的桥梁。

《诉讼》作为一部长篇小说虽然没有最后完成，但与卡夫卡的另外两部长篇（《美国》和《城堡》）相比，它因为在叙述形式上的完备性，是最接近于完成的作品。小说的情节始于约瑟夫·K.“一天早上”被两个陌生男人宣布“逮捕”，结束于“K. 三十一岁生日的前一天晚上”，被另外两个陌生男人带走，在郊外被处决。整个故事有一个明确的开头和结尾，正好体现了小说标题“诉讼”的德文原词Der Prozess的另外一层含义，即一个“过程”。在叙述角度上，《诉讼》看上去保持了卡夫卡传统的主人公视角，也就是说，叙述者的视角与主人公是同一的。但是，《诉讼》的独特之处在于，它的文本中又包含着一个另文——一则《在法的门前》的寓言。这个故事中的故事写成于《诉讼》写作的早期（1914），在卡夫卡的心目中，这则小寓言是可以单独成文的，因为他曾两次把它单独发表出来（1914年和1916年）。而小说的最终弃笔是在1918年。换句话说，小说《诉讼》中的大部分情节是在《在法的门前》的寓言写成之后创作的。那么，一个问题自然提了出来：小说的大部分情节与这则不足两页的小寓言，是一种什么关系？情节是根据寓言的寓意创作的呢，还是在寓言之外另辟蹊径的结果？如果是前者，那么显然，小说存在着一个绝对的先知先觉的视角，它决定了小说主人公的视角，使小说日后的发展服务于寓言寓意的展开。但这一点似乎并不可能。如果是后者，那么至少可以断定，小说中存在着两种不同的叙述角度：主人公的，和寓言的；而寓言则开始代表某种超然旁观的视角。

卡夫卡第三时期的作品创作于其生命的最后阶段（1919—1924）。除一系列重要的格言和寓言之外，主要的作品包括《饥饿艺术家》（1922）、《城堡》（1922）、《地洞》（1923—1924）和《女歌手约瑟芬或耗子民族》（1924）。这一阶段最引人注目的现象，是在第二阶段得以初现的那种超然旁观的目光，开始凝聚成形。先是在格言和寓言中出现一种绝对的声音和一个智慧的形象；然后在《城堡》这样的小说中，上述声音转化为某种绝对的立场，形成犹如黑洞般重新定位周遭事物的力量；最后在《地洞》中，绝对的立场再次因为他者世界的逼近而渐趋崩溃，昭示着自我与世界的关系在终极意义上的不确定性。《城堡》的未完成可谓《地洞》中故事的一次真实演示。作为文本，《城堡》则是卡夫卡所有作品中最复杂的，因为它不仅仅只有一个故事和一种叙事，而是集三个故事和三种叙事方式于一体。

第三章
Chapter 3

早期作品与《判决》

1912 年 11 月，卡夫卡的第一个小说集《观察》出版。这是一个非常薄的小册子，一共只有 18 篇小小说，创作于 1903 年到 1911 年之间。他的早期作品还包括《一次战斗纪实》(1904)、《乡村婚礼筹备》(1907) 等，其中最著名的是于 1912 年完成的《判决》和《变形记》。《判决》与《变形记》属于卡夫卡早期作品中比较成熟的作品，但在这两部作品之前，卡夫卡还经历过一个比较幼稚的准备阶段。因此，在具体讨论《判决》与《变形记》之前，我们需先解决一个问题：卡夫卡早期作品的特色。

抒情写作

《观察》中的 18 篇小小说非常短小精悍，译成中文一共 31 页，里面最短的一篇只有一百来字。除了短之外，它最明显的特征是，大部分小说都采取了第一人称单数“我”作为叙述角度：18 篇中，以“我”为叙述角度的占据 14 篇，以“你”为叙述角度的占据 4 篇(而且，人称“你”中也包含了人称“我”)，只有 2 篇用“他”来叙事。在小说这种复杂的叙事文体中有意选择第一人称单数，应该是有理由的。

一般而言，私人写作都会乐意使用第一人称单数作为叙事角度，例如日记。另外一种惯常使用第一人称的是抒情写作，例如抒情诗。我们可以发现，卡夫卡早期作品中带有非常明显的私人和抒情写作的痕迹，这导致他的小说里经常充满了白日梦般的想象和臆想。

第一个特征是抒情诗人的感知与想象。这种想象的实质是一种逃避，即从现实生活中逃避出来。可以以《观察》的第一篇《公路上的孩子们》为例。故事围绕着一个小孩的听觉展开。“我”坐在花园的秋千上荡秋千，“听到马车驶过花园的栅栏”[98]。卡夫卡在这里没有使用“看”，而是使用了“听”这一动词。我们知道，听觉作为一种比较主观和被动的感官，往往很难区分出事物之间的差别；人们听到的是很多印象杂糅在一起，像潮水一样浸润我们的耳膜。故事中“我”的感觉正是如此：

> 这时，鸟儿像喷雾似地飞起，我用目光追随着它们，看它们一口气向上飞去，直到我不再觉得它们向上飞，而是我在降落，于是，由于懦弱，我紧紧抓着秋千绳索，开始轻轻地悠荡。[99]

“我”随着鸟儿的飞翔而被带到高空，这明显是一种想象；想象一直延续，一直到“我”觉得不安全，也就是说，意识到“我”不是鸟儿而是有重力会下坠的人这一现实。抒情主人公的儿童身份与这样的描述十分贴切。他带有某种逃避的意愿，试图通过想象来超

---

[98] 卡夫卡:《公路上的孩子们》，载《卡夫卡全集》第 1 卷，叶廷芳主编，洪天富译，第 4 页。
[99] 卡夫卡:《公路上的孩子们》，载《卡夫卡全集》第 1 卷，叶廷芳主编，洪天富译，第 4 页。

离现实世界。在小说中,“我”与孩子们玩完了要回家去。这很正常,因为任何一个小孩玩完了都该回家去,但卡夫卡笔下,那个小孩却不想回家:

> 我吻了吻站在我身边的人,和另外三个靠近我的人握手告别,开始跑回家去,没有人喊我回来。在第一个十字路口——在这里,他们再也见不到我——我拐了弯,沿着田间小路又跑进了丛林。我向南方的那个城市奋力奔去,关于这座城市,我们村里的人这样谈论过:
>
> “那儿的人真怪,你们想想看,他们从来不睡觉!”
>
> “他们到底为什么不睡觉?”
>
> “因为他们不会感到累。”
>
> “他们为何不会感到累?”
>
> “因为他们是一些傻瓜。”
>
> “难道傻瓜不会感到累吗?”
>
> “傻瓜怎么会感到累呢?”[100]

故事就这样结束了——结束于主人公在想象中对现实世界的逃离;然后,听觉又把所有这些都覆盖上一层诗意飘忽的气息。它叙述的不是现实中发生的事,而是一种愿望。这种诗人般的抒情写作在卡夫卡早期的作品里很明显,这是第一个特征。

第二个特征是抒情写作的另一个方面:虚幻的全能感。我们可以看一下《一次战斗纪实》中的一段描写:

---

[100] 卡夫卡:《公路上的孩子们》,载《卡夫卡全集》第1卷,叶廷芳主编,洪天富译,第7页。

> 我无忧无虑地继续走。因为我是步行，害怕走山间崎岖的公路，所以我让这条路变得越来越平坦，终于使它在远处下降成为一个山谷——

抒情主人公在这里变成了一个全能的上帝：路如其所愿地变成了山谷，“我”的意志变成了世界的现实。进一步：

> 石头按照我的意愿消失了，风静止了，而且在晚间消失了。我迈步前行，因为是下坡，我抬头、挺身、把双臂交叉在脑后。因为我喜欢松林，所以我穿过松林。因为喜欢默默地眺望繁星密布的天空，所以在广阔的天空上，繁星为了我慢慢地和从容不迫地升起，往常它们也是这样——

还有：

> 公路对面相当远的地方，也许我被一条河隔开，我让一座高山出现，它的顶峰与天接壤，上面长满了灌木丛。我还能清楚地看到那些最高的树枝的小分叉和动作。这种景象——不管它多么寻常——使我高兴不已，以至我变做一只小鸟摇摇晃晃地停在这些遥远而蓬乱的灌木的枝条上，忘记让月亮升起，它已躺在山背后，也许因为迟延而生气。[101]

[101] 卡夫卡：《一次战斗纪实》，载《卡夫卡全集》第1卷，叶廷芳主编，洪天富译，第284—285页。

我们可以发现，早期卡夫卡作为抒情诗人的本性在这里达到了极致：在想象之中，主人公登峰造极地成为世界的主人和上帝。这一特点与前述第一人称单数完全合拍，“我”不仅是一个主体，更是一位全能者。卡夫卡早期创作中的抒情阶段，反映了在现实中遭受挫折的个体在写作中所找回的补偿。想象中的逃避和全能主义，是这一抒情阶段的两个方面。

反思意识

早期作品的第三个特征，是在《观察》中初见端倪，却在中晚期作品中发扬光大的一种倾向：文本的反思意识。比如《单身汉的不幸》：

> 看来，单身汉的日子真不好过，年老的时候，如果他想同大伙儿一起共度黄昏，就得请求人们接纳他，同时尽量保持自己的尊严；生病的时候，只能从自己床铺所在的角落一连数星期注视着空荡荡的房间；总是在住房大门口向落日告别，从未伴着自己的妻子挤上楼梯；自己的房间里只有几扇侧门通向别家；用一只手端着晚饭，并把它带回家；不得不赞叹别人家的孩子们，而且有时不让再说：“我连一个孩子都没有。”[102]

反思意识体现在如下的逻辑中：如果把单身汉的生活持续下去

[102] 卡夫卡：《单身汉的不幸》，载《卡夫卡全集》第1卷，叶廷芳主编，洪天富译，第15页。

的话，那么，“他”就会如何如何。这是一个条件句，他所假定的东西是在未来有可能，而不是真实发生的事情。写作时的卡夫卡不过是个小青年，他笔下的主人公却在想，如果一辈子不结婚的话会怎样，自己的晚年光景会怎样。其方式是假设一个前提，然后再去推理。还有《为男骑手们考虑》：

要是考虑一下的话，你绝不会蠢蠢欲动，希望在一场赛跑中成为最佳骑手——

“要是”引出一个前提，一个条件句：如果你会考虑的话，你是不会去当一个冠军的。为什么呢？再设定一个可能的结果，比如说，要是当了冠军之后，我们的对手会什么样：

我们的对手是些奸诈和颇有影响的人。当我们骑马穿过狭窄的围栏，朝平坦的跑道疾驶而去的时候，他们充满了忌妒，而我们却感到痛苦——

除了对手之外，再转而假定朋友的反应：

……而我们那些最要好的朋友却根本不把赌注押在我们的马上，因为他们担心，要是我们输了，他们定会生我的气，可是现在，我们的马名列第一，而他们什么也没得到，于是，当我们经过的时候，他们转过脸，宁可沿着看台望过去——

他是在解释为什么最好别当冠军，因为最好的朋友会生气。然后再回到对手的反应：

> 落在我们后面的那些竞争者，稳稳地坐在马鞍上，试图展望他们所遭到的不幸，以及他们突然遭受的冤屈；他们满面春风，精神焕发，仿佛一场新的比赛就要开始，仿佛在这场儿童游戏之后，一场认真的比赛就要开始——

也就是说，这些失败的人也并不真的那么难受，因为在他们看来，这场比赛犹如一场儿戏，真正的比赛还没有开始。最后是观众的反应：

> 很多女士会觉得这个胜利者滑稽可笑，因为他自吹自擂，根本就不知道如何去应付无休止的握手、致敬、鞠躬和遥祝，而失败者们却紧闭双唇，漫不经心地拍拍他们那些经常嘶鸣的马的脖子。[103]

这种从假定性出发，然后不断偏离前提的写作方式，我们以后会发现，在卡夫卡中晚期作品中会重复性地出现，成为他典型的写作方式之一。恰如我们所指出，这是一种反思的文本：设定某个前提，然后通过不断地反思前提引申出不同的结论。具体在该小说中，反思的结果反而否定了前提：你根本就不应该去当冠军，因为当冠

[103] 卡夫卡：《为男骑手们考虑》，载《卡夫卡全集》第1卷，叶廷芳主编，洪天富译，第15页。

军有多么多么地坏。这是卡夫卡早期写作的第三个特点，是其中晚期小说中常用的方法的一个雏形。

两兄弟

我们还需注意卡夫卡早期写作的第四个特征：在文本中经常出现两兄弟的形象；两兄弟又可以转化为两个分裂的自我：其中之一代表自我的真实愿望，另外一个代表虚假的躯壳。例如，在 1911 年的日记中，他说想写一部长篇小说，描写两兄弟的阋墙之争，结果其中之一去了美国，另外一位则留在欧洲的监狱里。[104] 我们还可以看到，在《判决》这部小说中有一个明确的主人公“他”，叫格奥尔格·本德曼；本德曼有一个朋友，到莫斯科去了。这两个人其实是同一个人，是同一个人的自我的不同组成部分。但是，在卡夫卡的早期作品中，这两个自我是相安无事的。

最典型的例证是 1907 年的《乡村婚礼筹备》。从某种意义上，该小说可谓已经预示了 1912 年的《变形记》。小说的主人公叫拉班，他要到乡下去参加自己的婚礼；但他不情愿去。他想象着把自己打扮好，穿上礼服，戴上礼帽，然后“跌跌绊绊地走下楼梯，呜咽着乘车去乡下”[105]。但这个人并不是他自己，而是他的躯壳。他派自己的躯壳到乡下去参加自己的婚礼，而自己则变成了一只巨大的甲虫“躺在床上，盖着黄、棕相间的被子，正沐浴着从微开的窗户吹进来的惠风”[106]。我们看到，在小说中两个自我一个真实，一个虚

---

[104] 卡夫卡：1911 年 1 月 19 日日记，《卡夫卡全集》第 6 卷，叶廷芳主编，孙龙生译，第 30 页。
[105] 卡夫卡：《乡村婚礼筹备》，载《卡夫卡全集》第 1 卷，叶廷芳主编，洪天富译，第 310 页。
[106] 卡夫卡：《卡夫卡短篇小说选》，外国文学出版社，1985 年，第 5 页。

假，但二者同时存在，互不冲突。“我”派遣虚假的自我去完成应该承担的社会责任，“我”自个儿舒舒服服地躺在床上，看着风景。

甲虫是一种过精神生活的象征。它最大的爱好是靠在窗边眺望外面的世界和风景。《观察》中的一篇即描写主人公在一个春日的黄昏，倚窗眺望阳光下一个少女的行迹[107]。1907 年是卡夫卡职业生涯的第一年，也是写作《乡村婚礼筹备》的同一年，他在一则日记里述说了自己上班时的一个遐想——想象自己在异国他乡，坐在办公室的沙发上，“凭窗眺望远处的甘蔗田，眺望穆罕默德的坟场”[108]。这段白日梦似的想入非非出自一位职场新手之手，几乎显示了与其小说情节完全一致的愿望，反映了卡夫卡对于其工作的态度。关于上班他还有一个比喻，他觉得，上班时间的最后一秒钟就像是一块跳板——他每想到这样一个瞬间，整个心情就放轻松了——因为马上就可以跳出所承担的社会责任[109]。但是，直至 1912 年之前，在他的早期创作里，两种自我同时并行的这种生活，并没有给卡夫卡造成太多的麻烦。事实上，卡夫卡自己的生活亦与之相仿：下午大约 2 点左右下班，下班之后回家先睡一觉，醒后再去散步一小时，然后回来与家人一起吃晚饭；他真正的创作时间始于晚上 11 点，一直延伸到深夜两三点钟。这样的一个作息时间表看上去安排得很巧妙，显得很有节奏，上班、创作两不误。

然而，卡夫卡远远低估了上述断裂生活的复杂性，以及它所带来的负面影响。我们知道，他的创作完全是私下进行的；在写作方

[107] 卡夫卡：《心不在焉地向外眺望》，载《卡夫卡全集》第 1 卷，叶廷芳主编，洪天富译，第 19 页。
[108] 转引自克劳斯·瓦根巴赫：《卡夫卡传》，周建明译，第 59 页。
[109] 转引自克劳斯·瓦根巴赫：《卡夫卡传》，周建明译，第 60 页。

面，他的父母既不理解，也不支持。对于自己偷偷进行的写作，卡夫卡一直怀有一种强烈的负罪感，感觉自己没有好好地工作，没有好好承担家庭的责任，是不务正业。作为家庭中的长子，这样一种心理是任何一个有良知的儿子都会产生的。虽然父亲生意有成，而且跻入社会的上层，但是，关于如何继承家业，如何开辟未来的事业，如何建立自己的家庭，这一切对卡夫卡来说都还是未知数。以前的那种生活方式是通过创作来平衡工作，或用想象去超越现实，但这并没有真正解决问题。抒情诗人式地在想象中寻找一个完满的世界、一个符合自己愿望的世界，这种方式是不可能持久的，因为缺乏面对生活的真正严酷性的能力。

顺便说一下，卡夫卡每天夜晚写作的方式，以及他把小说、格言和随笔都写在笔记本上的方式，使其创作比较接近于我们通常所说的日记。众所周知，一般日记往往是对于白天生活的痛苦的一种言说。而白天生活往往具有公共生活的性质。在白天，人们不仅仅要上班，更要遵循公共秩序的规则。当我们在公共生活中遭受挫折，感到不被理解或有冤难申的时候，我们就需要找到一个发泄的途径，一个倾诉的场所。如果没有找到可以倾听衷肠的好朋友，我们就得学会跟自己说话，日记就是这样一种自我倾诉的方式，便于人们把白天的生活体验在晚上写出来。日记是秘不示人的，往往涉及自己感受最切身、最隐秘的生活内容。从这个角度而言，日记与白天的生活迥然有别，是属于夜晚生活的一个环节。白天和夜晚属于不同领域，正如公共时间和私人时间属于两种时间。这两种方式在存在差异的同时其实也是互补的。夜晚的日记有助于抚摸受伤的灵魂，使日记的主人能够在白天重新面对这个世界。我们一般所理解的日记就是这样的。

正如上述，在一定程度上，卡夫卡的早期创作也具有私人日记的特点。但是，随着卡夫卡真正进入他自己独有的创作风格阶段，这一特征就变得不明显了。一个重要的标志是，在这一阶段，我们很难在他的笔记本里面，轻易地区分出哪些是虚构的文本，哪些是纪实的文本；哪些是小说，哪些是格言。与之相伴随的还有另外一个变化：人称。

第三人称单数

可以对卡夫卡的创作划出一条明显的界线，以作为其开始进入不同阶段的标志：第一人称单数渐趋消失，第三人称单数则大量出现。1907 年的《乡村婚礼筹备》中，叙述是用第三人称单数开始的；但在小说进行中，卡夫卡经常使用第一人称单数来描绘拉班的主观心理活动和臆想。所以我们可以发现，这一第三人称单数并不纯粹，它经常可以转化为第一人称单数，表示这一阶段两种自我之间悠然自得、相安无事的状况。

从 1912 年开始，情况变得稳定。卡夫卡的主要小说都开始使用第三人称单数。而且，卡夫卡明言，小说主人公往往是卡夫卡本人的化身。例如，《判决》中的 Georg Bendemann（格奥尔格·本德曼），其名字 Georg 与卡夫卡自己的名字 Franz（弗兰茨）字母数相同；姓氏 Bendemann 中的 Bende，与 Kafka（卡夫卡）的构词法相同。《变形记》中的 Gregor Samsa（格里高尔·萨姆沙），Samsa 亦与 Kafka 的构词法相同。至于长篇小说《美国》中的主人公卡尔（Karl），《诉讼》和《城堡》中的主人公约瑟夫·K. 和 K.，都是卡夫卡的转写或缩写。

在叙事学上，这些“他”都代表“我”；在心理学上，则是“我”变成了“他”。后者意味着，抒情主人公那个可以为所欲为并与世界融为一体的主体，现在出现在他人的视阈下，变成一个有限而具体的人物。“他”不再是那个“我”了。换言之，此时理解、评判的权力都不在“我”身上，或许是在小说中某一个人物身上，或许是在读者身上。总之，自我把自己放在一个客观的位置上，可以任由他人评判乃至审判。这是一个非常明显的变化。

恰如很多学者指出的，1912 年的《判决》中的基本冲突体现在一种父子关系上。但需要补充的是，这样一种父子关系并不单纯。很多学者从这种父子关系中看到了某种心理学含义，例如俄狄浦斯情结。[110] 但他们都未能看到的是，这种父子关系其实是一种双重父子关系。我们在上文提到了卡夫卡早期小说中的两兄弟形象，同样，在《判决》里出现了两个儿子的形象。

双重父子关系

《判决》中的故事是这样的：格奥尔格 · 本德曼是一个商人，他春风如意，事业成功。他的父亲已经退休；他自己则刚订了婚。一个春天里非常美好的早晨，格奥尔格给他在彼得堡的一位朋友写信。事实上，在 1912 年的彼得堡曾经发生过排犹运动，犹太人遭到迫害。他的朋友也一样，商店被洗劫一空；以前买卖兴隆，现在门可罗雀；他自己还是一个单身汉。在布拉格的格奥尔格则截然不同。这天早晨，他要把好消息告诉给这位在彼得堡的朋友；

[110] 参见凯特 · 费洛里斯：《〈判决〉》，载叶廷芳编：《论卡夫卡》，第 155 页。

写完信后，他把信揣在口袋里，去看父亲。父亲住在一个阴暗的房间里，正坐在那儿看报。于是他决定应该给父亲换一个朝阳的房间。有国外的研究者认为，这一情节反映了格奥尔格·本德曼对父亲的俄狄浦斯情结；也就是说，儿子想跟父亲换位：儿子长大了，要代替父亲的角色；而父亲则已经变成了小孩，反而需要被照顾。然后他对父亲说，他给在彼得堡的朋友写了封信；父亲说，你真有一个朋友在彼得堡吗？他说是真的，您三年前还见过他，并评价过他。但父亲似乎不相信。父亲已经很衰老了，格奥尔格走过去，把父亲抱到床上，然后帮父亲掖好被子，父亲也让他掖，这显然是一种照料。但一位国外学者从这一行为中看出了其所蕴涵的另一种心理内容，把父亲覆盖起来意味着想埋葬父亲，这不无道理[111]。但是父亲突然一把掀开被子，从床上站了起来，显得异常高大。父亲说，你想把我盖上，你办不到；你是有这么一个朋友，但是你早就把他惹怒了；你有了你的未婚妻之后，她用性把你弄得神魂颠倒，你早把他忘得干干净净了。你给他的信，他看都不看就揉成一团；而我的信一到，他马上摊开看了又看！我们可以看到，这时候，小说中出现了另外一个儿子。这个儿子想要替代父亲，那个儿子则与父亲同心同德。这让我们意识到，在作品分析中，仅仅从俄狄浦斯情结角度出发考虑单一的父子关系，显然是不够的；重要的是去分析作品所提供给我们的这种双重的父子关系。

作为弗洛伊德精神分析学说的核心概念，俄狄浦斯情结（the

---

[111] 凯特·费洛里斯：《〈判决〉》，载叶廷芳编：《论卡夫卡》，第138—139页。

Oedipus Complex）指个体（包括儿童和成人）乃至人类的心理活动中所普遍经历过的一个恋母仇父的事实。在1990年代前后，我曾经写过一系列文章，专门探讨过该问题。其中部分内容收在《"家"的寓言——当代文艺的身份与性别》（1996）一书中。[112] 我认为，弗洛伊德的俄狄浦斯情结是不纯粹的，里边还包含着另外一个情结，应该把经典的俄狄浦斯情结拆成两个相关情结。

俄狄浦斯情结的名称来自古希腊悲剧家索福克勒斯的名作《俄狄浦斯王》。故事说，俄狄浦斯是忒拜的国王拉伊奥斯与其王后所生之子，但有神谕说，这个儿子长大以后要杀父娶母。拉伊奥斯非常害怕，下令处死儿子。俄狄浦斯被仆人弃之荒野，又被邻国国王收做养子。长大之后，他所在的城市也流传着同样的神谕，说他会杀父娶母。俄狄浦斯遂弃家出走。在路上，他与一辆马车发生冲撞，对面车里一个老头非常蛮横，拿鞭子要打他。血气方刚的俄狄浦斯非常生气，就仗剑杀了老头。此人正是俄狄浦斯的亲生父亲拉伊奥斯。此后他又到了忒拜城，正赶上城里有一个妖怪作祟。妖怪叫斯芬克斯，它拦在路上，让每一个通行者猜一个谜，猜中的可以活，猜不中就被吃。这个谜非常著名：什么东西早上四条腿，中午两条腿，晚上三条腿？很多人猜不出来，都被斯芬克斯吃了。正好这一天，俄狄浦斯来到忒拜，碰上了斯芬克斯。俄狄浦斯猜出来谜底是人——该悲剧中耐人寻味之处在于，一个能够解开人的秘密的人，却不了解他自己的秘密。忒拜城得救了，忒拜人拥戴俄狄浦斯当国王，让他娶了王后——也就是他的母亲。后来他母亲给他又生了四

[112] 李军：《"家"的寓言——当代文艺的身份与性别》，作家出版社，1996年。参见本书上篇"理论与方法"部分。

个孩子，其中有两个活了下来。又一年，这个城市闹瘟疫。神谕说，污染的源是一个杀父娶母者。俄狄浦斯带领众人展开调查，结果发现这个人就是他自己。母亲随之自杀，俄狄浦斯把自己弄瞎了，到大地上四处流浪。弗洛伊德想通这个故事说明，一个人在其成长过程中始终要经历的一个心理阶段，一个排斥父亲独占母亲的阶段。

在弗洛伊德看来，这个故事之所以能打动那么多人，是因为它是一个永恒的母题，其背后存在着深刻的人类生理与心理基础。首先，胎儿在母腹期间与母亲存在着原初统一的关系；而从出生开始直至5岁左右，幼儿达到性的繁荣期，这一时期，幼儿在快乐原则的驱使下，想排斥其父独占其母，其实质是想恢复与母亲的原初统一；但幼儿的性欲遭到父亲强大力量的宰制，父亲或施以体罚，或以阉割相威胁，导致幼儿产生“阉割焦虑”，不得不压抑自己、认同其父；5岁起，孩子进入性的潜伏期，同时开始学习语言、文化和知识；到青春期，随着生殖系统的全面成熟，幼年被压抑的俄狄浦斯情结开始复现。孩子重新体验到恋母仇父的强烈冲动，导致神经症症状，或者极端行为，比如弑父或者反抗现实秩序；神经症本质上是性欲本能与父亲意志（包括超我）之间冲突的结果，欲望无意识地实现在不可理解的症状之上。综上所述，我们可以得到如下启示：第一，在弗洛伊德关于俄狄浦斯情结的经典模式中，俄狄浦斯情结不是如我们以为的那样只出现一次，而是出现两次：一次在5岁前后；另一次在青春期。第二，在俄狄浦斯情结上述两阶段内，都存在父亲这一角色的强大作用。由父亲行使的阉割威胁始终在俄狄浦斯情结中扮演重要角色，作为一项结构性要素与孩子的恋母仇父欲望形成对立的关系。第三，由于神经症是孩子无意识性欲本能与父亲及其代表的道德、法律制度冲突的结果，症状本身显然是被压抑的俄狄浦斯情结的外在表现。因此，治疗（请注意弗洛伊德作为一名治疗学家的事实）与俄狄浦斯情结的消除便是同义词。[113]

但是问题在于，如果我们把以儿童为主体，寻求恢复与母亲原初统一的欲望称为俄狄浦斯情结的话，那么，为什么必须以它的消除（即顺从）作为唯一的归宿？我在以前的研究中指出，这其实是来自于外界或父亲这一方向的阉割威胁介入所致。值得注意的是，在原始的俄狄浦斯故事中，不是俄狄浦斯，恰恰是父亲拉伊奥斯先动了杀心。也就是说，在整个俄狄浦斯故事中，除了孩子的俄狄浦斯情结之外，其实还存在着另外一个情结，一个父亲的情结，即父亲为如何找到其继承者或接班人而焦虑的情结。换句话说，是父亲的情结在先，儿子的情结在后。因此，在子辈身上现实存在的“阉割焦虑”，不过是父辈身上现实存在的“阉割情结”(castration complex)的一种折射而已。对应于俄狄浦斯情结，我们不妨将这种“阉割情结”命名为“拉伊奥斯情结”(Laius Complex)。拉伊奥斯情结不是子辈的情结，而是父辈的情结。儿子之所以要反抗父亲，不是因为要反抗父亲的肉身，而是要反抗父亲早已给儿子规定了的

对应于俄狄浦斯情结，我们不妨将这种“阉割情结”命名为“拉伊奥斯情结”(Laius Complex)。拉伊奥斯情结不是子辈的情结，而是父辈的情结。儿子之所以要反抗父亲，不是因为要反抗父亲的肉身，而是要反抗父亲早已给儿子规定了的目标，即反抗拉伊奥斯情结。

[113] 李军:《“家”的寓言——当代文艺的身份与性别》，第 32—33 页。

目标，即反抗拉伊奥斯情结。总之，从经典俄狄浦斯情结中，我们可以分出两个情结来：一个是作为儿子情结的俄狄浦斯情结，另一个是作为父亲情结的拉伊奥斯情结。

根据以上的分析，我们再来看《判决》中的双重父子关系。显然，彼得堡的那个朋友在跟父亲通信，对父亲言听计从，是一个孝顺的儿子；而布拉格的那个儿子春风得意，早已不把父亲放在眼里，是一个僭越和反叛的儿子。小说的结局告诉我们，恰恰是父亲对那个反叛的儿子作出了最终判决："你是一个没有人性的人，我现在判你去投河淹死！"[114]我们看到，父亲从阴影里、从那个被格奥尔格埋葬的动作里一跃而出，这里面蕴藏着一种巨大的心理能量——卡夫卡说自己在写这篇小说时感到非常兴奋，他从夜里一直写到凌晨，花了六个小时把它写出来；在写作过程中，他感到，"在漫漫的长夜里，创伤第一次崩裂了"[115]。换句话说，这两个儿子之间的和平共处再也无法维持下去了。两个儿子，一个是父亲的接班人；一个是替代、反抗父亲者。但两个儿子其实是同一个人。二者之间的冲突是无法调和的。当父亲判决儿子投水时，格奥尔格马上就顺从了——在这一瞬间，布拉格的儿子与彼得堡的儿子归为一体。他乖乖地跑到一座桥上，撑着栏杆跳了下去；跳下去之前还说了一句话："亲爱的爸爸妈妈，我可一直是爱着你们的。"这时候，卡夫卡写道：

当父亲判决儿子投水时，格奥尔格马上就顺从了——在这一瞬间，布拉格的儿子与彼得堡的儿子归为一体。

[114] 卡夫卡：《判决》，载《卡夫卡全集》第1卷，叶廷芳主编，孙坤荣译，第46页。
[115] 克劳斯·瓦根巴赫：《卡夫卡传》，周建明译，第79页。

“正好有一长串车辆从桥上驶过。”[116]意思是说，当这个不齿于人类者被排除之后，生活又恢复了和谐。

从小说中可以清楚地看到，卡夫卡早期创作中，那种真实自我和虚假躯壳（“两兄弟”）之间和平共处的格局，再也无法维系下去。随着判决的出现，想象的世界破灭了，他必须面对这个世界的真实。格奥尔格是否有罪并不重要，关键在于，这种父子冲突挟带着一股巨大的心理能量，把往日的春梦击得粉碎。这是两种自我产生冲突之后发生的毁灭，结局则是死亡。在某种程度上可以说，那个在彼得堡的朋友更像卡夫卡本人，因为他痛苦孤僻，孑然一身。但是在我看来，布拉格的格奥尔格形象，其实是卡夫卡在设想自己成功的可能性。在小说中，父亲嘲笑格奥尔格说，你经常把自己关在办公室里，外面写上一块牌子，说经理办公，不得打扰，其实你是在给彼得堡的朋友写那些说谎的信。[117]通过这段描述我们可以发现，这位躲在办公室里的格奥尔格，其工作其实是写作。写作中的格奥尔格是一个真实的自我，而彼得堡的朋友则形同躯壳。然而，在得到了父亲之助之后，现在，这个躯壳不再虚假，而是变成了活生生的力量。那么，这种冲突又该如何解决？我们看到，浪漫主义抒情诗式地维系着人和世界、自我和外部之间的那种想象性关系的模式，显然是不够敷用了。

我们可以总结一下：在卡夫卡早期作品的晚期，其作品的人称发生了重大的转换，即从第一人称“我”转换成第三人称“他”；随之而发生的是卡夫卡世界观和人生态度的转化，即从抒情诗人特

---

[116] 卡夫卡：《判决》，载《卡夫卡全集》第1卷，叶廷芳主编，孙坤荣译，第47页。
[117] 卡夫卡：《判决》，载《卡夫卡全集》第1卷，叶廷芳主编，孙坤荣译，第43页。

有的那种由虚幻的全能感导致的悠然自得，转入面临真实社会困境时的那种歧路亡羊和顾此失彼。《变形记》是这一倾向的逻辑终点。

在卡夫卡早期作品的晚期，其作品的人称发生了重大的转换，即从第一人称“我”转换成第三人称“他”；随之而发生的是卡夫卡世界观和人生态度的转化，即从抒情诗人特有的那种由虚幻的全能感导致的悠然自得，转入面临真实社会困境时的那种歧路亡羊和顾此失彼。

第四章
Chapter 4

《变形记》：灵魂的显形与命运

“现出原形”

“变形”是卡夫卡一生乐此不疲的主题。在小说中，该主题最早出现在早期未完成的短篇《乡村婚礼筹备》（1907）中，主人公安排自己的躯壳去乡下参加自己的婚礼，而真实的自我却成为一只大甲虫，舒舒服服地躺在床上。这是五年后写作的《变形记》的雏形。写于1917年的短篇《致科学院的报告》，讲述的是一只猴子如何变成人的故事。除了事实上的变形之外，更为常见的是卡夫卡写作中另一相似的主题：把自己比作懦弱无助的小动物。早在1904年，卡夫卡在致挚友马克斯·勃洛德的一封信中，就把自己比拟成“挖洞的鼹鼠”[118]。这一形象一直萦绕在他心中，终于在20年后，在生命的最后岁月里，他完成了一篇直接以鼹鼠般的小动物为主角的小说《地洞》(1923—1924)。长篇小说《诉讼》(1914—1918)中的主人公约瑟夫·K.临死前说：“像一条狗似的”，而卡夫卡另一篇小说的名字，就叫《一条狗的研究》（1922）。他觉得自己在父亲眼里，像一条寄生虫，在自己看来，父亲会把他

[118] Franz Kafka, *Lettres to Friends, Family, and Editors*, p.17.

"像一条鱼一样撕成碎片"。在这一系列变形为动物、或以动物自况的故事中，最为著名的要数小说《变形记》(1912)，它不仅是"变形"这一主题的出处，而且最为典型和淋漓尽致地展现了"变形"主题。"变形"蕴藏着作家卡夫卡内心最深的忧虑和恐惧，呈现着他为争取灵魂的自我生存而进行的绝望努力。

我们发现，卡夫卡事实上是在双重意义上使用着"变形"这个词。第一，把真实自我的私人经验"变形"为故事中的人物，让他进入社会生活之中经受考验。在这种意义上，卡夫卡作品中的主要人物即是卡夫卡自己的形象及相关人物的变形，我们据此来理解卡夫卡作品的"自传"性质。第二，在黑夜庇荫下的真实自我一旦跨入白昼的行列，也就不得不承受一种"变形"，这种"变形"的实质其实是"暴露"，是"现出原形"，我们据此来理解卡夫卡作品具有的超出"自传"性质的灵魂审判或者灵魂历险的功能和性质。卡夫卡作品《变形记》中的主人公格里高尔·萨姆沙所涉及的"变形"，其实质即为"现出原形"。卡夫卡讲述的是一个夜晚的自我在白昼现出原形进行历险的故事。

卡夫卡事实上是在双重意义上使用着"变形"这个词。第一，把真实自我的私人经验"变形"为故事中的人物，让他进入社会生活之中经受考验。第二，在黑夜庇荫下的真实自我一旦跨入白昼的行列，也就不得不承受一种"变形"，这种"变形"的实质其实是"暴露"，是"现出原形"。

灵魂生活的象征

在《变形记》中，变形为“甲虫”蕴含着格里高尔（作为卡夫卡的化身）之所以“变形”的真正秘密。不过，这一变形早在卡夫卡写于1907年的未完成小说《乡村婚礼筹备》中已初见端倪。《乡村婚礼筹备》涉及主人公拉班这样一段奇想：他差遣自己的躯壳跌跌绊绊地去乡下参加自己的婚礼，却想象自己像一只大甲虫，“躺在床上，盖着黄、棕相间的被子，正沐浴着从微开的窗户吹进来的惠风”[119]。这里，躯壳与甲虫的对立是另一种更具普遍性的对立——社会身份与真实自我的对立——的隐喻表现。这种对立预示了卡夫卡一系列“变形”作品的基本结构。

值得注意的是，1907年是他职员生涯的第一年，也是他延续了15年之久的双重生活——白天上班，夜晚写作——的开始。在一则日记中，他记录了在上班时的一段遐想：

> 要是自己能在遥远的国家里，坐在办公室的沙发上，凭窗眺望远处的甘蔗田，眺望穆罕默德的坟场，那就好了。[120]

这位“坐在沙发上”的卡夫卡很可能拥有拉班想象中的甲虫的形状，这种想象具有某种强烈的解脱感：解脱出自己繁重不堪的躯壳，成为悠闲自在的虫子。虫子是极端无能的，故它又是婴儿的象

---

[119] 卡夫卡：《卡夫卡短篇小说选》，外国文学出版社，1985年，第5页。
[120] 转引自克劳斯·瓦根巴赫：《卡夫卡传》，周建明译，第59页。

征。“我”以返回到婴儿状态来反抗社会和外在社会强加于其上的成人责任。但是另一方面，这条懒散的虫子仍然有它自己的生活：它把自己封闭在屋子里，却念念不忘“凭窗眺望”和“沐浴着从微开的窗户吹进来的惠风”。不妨指出，执著于“窗口”是一种过间接生活（精神生活）的强烈表征，因为窗口不是外在世界的出口，而是它的旁观眺望之处；它是灵魂的出口。就此而言，变形为虫子有一种过精神生活的意义：虫子除了是婴儿，同时也是精神的象征。

考虑到写作《乡村婚礼筹备》时卡夫卡刚参加工作不久，可以想象他对于过双重生活、对于两个自我间搏斗的严酷性的估计相当不足；他的解决办法就是简单的楚汉划界：两种生活、两个自我各守边界、互不干扰。在小说中，很容易发现主人公有一种私自窃喜的感觉，为自己的分身伎俩而自鸣得意。故而在《乡村婚礼筹备》中，真我与躯壳的分裂尚处在隐蔽的状态，并没有暴露在他人的眼皮底下，去接受社会的审判。如果比之于写作的特点，拉班式的双重生活象征着典型的“私人日记”的写作。这种写作满足了自我因不堪公共生活的伪装和负担而进行私人宣泄的要求。此外它又是一种补偿，补偿自己在白天得不到实现的欲望，比如，在写作中把一只丑小鸭想象成为白天鹅。在这种意义上，私人生活本身即是公共

执著于“窗口”是一种过间接生活（精神生活）的强烈表征，因为窗口不是外在世界的出口，而是它的旁观眺望之处；它是灵魂的出口。就此而言，变形为虫子有一种过精神生活的意义：虫子除了是婴儿，同时也是精神的象征。

生活的一种补偿，旨在更好地适应公共生活，更驯良地安于丑小鸭的本分。

尽管卡夫卡的写作有强烈的自传色彩，但是，卡夫卡的写作并不能被归结为私人日记。与私人日记秘不示人的性质相反，卡夫卡写作的是可供发表的作品。“可供发表”除了具有表层含义外，还有一深层含义：它是私人隐秘被置于公众的眼光底下；它不是欲望的象征性满足，而是去经历创伤或是创伤的复现；它把黑夜的自我置于白天秩序的质问底下，同时又是对白天秩序的一种质问。《变形记》标志着卡夫卡前期写作的全面成熟。《变形记》的独特性在于，与私人写作的性质相反，既不是真我与躯壳各据地盘，彼此相安无事，也非丑小鸭变成了白天鹅，而是白天鹅还原成丑小鸭，一个人真的变形为大甲虫，暴露在家庭与社会的众目睽睽之下。

变形为甲虫集中体现了卡夫卡在生活与写作方面的内心矛盾。一方面，卡夫卡的真实自我献身于写作，而这种真实自我的原形就类似于甲虫，是极端无能为力的；但他却被家庭与社会施加于自己的社会责任压得喘不过气来：家庭希望他在事业上飞黄腾达（在小说中，表现为格里高尔·萨姆沙对家庭的全力赡养）——这不但远非自己所愿，而且日感难荷重负——可以想象，总有一天，这个虚假的躯壳会因不堪责任的重负而将原形——献身写作的无能虫

《变形记》的独特性在于，与私人写作的性质相反，既不是真我与躯壳各据地盘，彼此相安无事，也非丑小鸭变成了白天鹅，而是白天鹅还原成丑小鸭，一个人真的变形为大甲虫，暴露在家庭与社会的众目睽睽之下。

子——暴露出来，变形正是这种恐惧心理的表现。另一方面，变形又具有必然性，这是因为，既然甲虫是自己的原形，那么，为了能过上纯粹的真正生活（写作），自我势必也应该抛弃自己的社会责任以显现原形，尤其是，当自我感到有可能建立一种新的生活——比如，结婚成家——时，让自己所爱的人全面接受自己的原形，就不仅为相互理解所必需，毋宁就是理想生活的实现。这意味着，自我一方面能全力献身于写作，另一方面则又能在各方面得到照料。因而，变形在这里就同时具有寻求理解和邀宠的意图。

妹妹的角色

为了进一步展开说明，有必要事先阐述我们对于《变形记》中的人物基本关系的理解。在我们看来，《变形记》中的人物关系可以简单地图示如下：

格里高尔·萨姆沙
- 社会角色
  - 推销员　　秘书主任
  - 儿　子　　父　母
  - 哥　哥　　妹妹（菲莉斯）
- 变形（纵向关系）
- 原　形　　甲　虫 ——横向关系 / 交流—— 理想妻子

图表的上列展开的是格里高尔·萨姆沙与他人的社会（家庭）关系：他对秘书主任（公司）来说是推销员，对父母而言是儿子，是妹妹的哥哥。变形意味着格里高尔·萨姆沙从各种社会角色中脱落，恢复到原形。对相应于他的各种社会角色的人们来说，变形意味着格里高尔的不负责任：不愿承担自己的社会角色。变形的原因正如我们上述有二：第一，是格里高尔无力承担社会角色之恐惧心理的展现；第二，则是争取自己真实自我的生存权，并与他人建立真正的关系。在小说中，寻求与他人建立真正的关系主要在格里高尔与妹妹之间展开。

妹妹的角色在小说中显得比较暧昧。格里高尔明显地对她有爱情的欲望，这一点曾被某些论者贸然称为格里高尔的“乱伦倾向”[121]。这种看法恐怕失之于偏颇，忽视了卡夫卡作品的隐喻性质。本文提出一种新的看法，即：这位妹妹是卡夫卡日后的未婚妻菲莉斯·鲍尔的化身，在小说中，卡夫卡正是把妹妹当成格里高尔的情人来加以描写和处理的。理由在于：一、卡夫卡在实际生活中并没有强烈的“乱伦”倾向。二、除本篇之外，卡夫卡在作品中都没有谈论到他的妹妹；相反，菲莉斯·鲍尔则经常出现在他的作品中。如早于《变形记》两个月的《判决》，其中主人公的未婚妻弗丽达·布伦德费尔德(Frieda Brandefeld）即隐喻菲莉斯·鲍尔(Felice Bauer)；《诉讼》中的标斯特纳小姐（Fräulein Bürstner）也暗指菲莉斯·鲍尔(Felice Bauer)。卡夫卡在写《判决》的前两天（1912年9月20日）才第一次给菲莉斯写信，但在两天之后《判决》的写作中，居然已把菲莉斯写成作品中主人公的未婚妻，可见他对菲莉斯的特殊眷爱。这说明在写《判决》时，卡夫卡已在事实上考虑与菲莉斯结婚的可能性了。而在写作《变形记》时，卡夫卡与菲莉斯正处于热恋之中，彼此情书往来

---

[121] 叶廷芳编：《论卡夫卡》，第240页。

频繁，此刻的卡夫卡在作品中丝毫不考虑与菲莉斯的关系，却另起炉灶地写一个从不曾出现过的主题，即与妹妹的关系，反倒是令人诧异的！三、卡夫卡在1912年9月15日的日记中写到他妹妹瓦莉的订婚，在一段诗底下他加写了一句："兄妹之间的爱——父母之间爱的重复"[122]。这句话一般被理解为卡夫卡有乱伦之爱的嫌疑，但却可以容受多种解释。它向我们提供的一种可能性是：卡夫卡是在小说中借兄妹关系来暗写夫妻（或情人）关系。另外，更重要的证据将在下面的行文中出示，现在我们姑且把它当作一种有趣的假说来接受，看它能帮助我们引出什么结论。

在小说中，格里高尔变形后的第一个后果，是吓跑了秘书主任；而家庭随之采取的措施，则是由父亲把他"赶回房间"[123]。注意，这两件事其实正出自格里高尔变形的本意：吓跑了秘书主任，意味着解脱了公司烦人的职责；而被赶回房间，恰好意味着格里高尔回返到真实自我的本来状态。紧接着第二天，变形带来了另一个好处，即换来了妹妹对他的照料：为他端送食物。这件事就这样延续了下来，妹妹每天悄没人地把食物准备好，"踮起脚尖"[124]，放在门口，然后"马上退了出去"[125]。从此，格里高尔就"这样地由他妹妹喂养着"[126]。可以重复一下卡夫卡对于理想妻子的看法，他要求妻子能够全面地理解他，"有这样一个妻子，将意味着从各个方面得到支持，意味着得到了上帝"[127]。这个全能的"妻子"（正如全能的

[122] 卡夫卡：《卡夫卡日记》，陆洁、金坚范译，青海人民出版社，1987年，第145页。
[123] 卡夫卡：《变形记》，载《审判》，李文俊、曹庸译，上海译文出版社，1987年，第35页。
[124] 卡夫卡：《变形记》，载《审判》，李文俊、曹庸译，第39页。
[125] 卡夫卡：《变形记》，载《审判》，李文俊、曹庸译，第40页。
[126] 卡夫卡：《变形记》，载《审判》，李文俊、曹庸译，第41页。
[127] Franz Kafka, *Diaries 1914-1923*, edited by Max Brod, trans. by Joseph Kresh, p.126.

上帝）必须容忍并理解他“过一种异想天开的完全有利于我工作的生活”[128]，这是一种什么样的生活呢？在 1913 年 1 月 14—15 日致菲莉斯的一封信中，他把自己的这种最理想的生活方式描写得再清楚不过了：

> 我最理想的生活方式是带着纸笔和一盏灯待在一个宽敞的、闭门杜户的地窖最里面的一间里。饭由人送来，放在离我这间最远的、地窖的第一道门后。穿着睡衣，穿过地窖所有的房间去取饭将是我唯一的散步。然后我又回到我的桌前，深思着细嚼慢咽，紧接着又马上开始写作。[129]

任何人都能轻易发现，这种“最理想的生活方式”，与《变形记》中格里高尔接受妹妹喂养的方式之间，存在着相似之处；尤其是，卡夫卡写作《变形记》的时间（1912 年 11—12 月），与写作该信的时间（1913 年 1 月 14—15 日），仅仅相隔一个月！这就是我们把《变形记》中的妹妹当成菲莉斯的化身（注意，菲莉斯比卡夫卡小五岁）的另一重要证据。格里高尔从妹妹处得到的，正是卡夫卡要求于菲莉斯的，那就是：既在生活上得到全面的供养，又让大甲虫（无能的灵魂）得到完全的自由（进行写作）。

人们已经知道小说的结局：正是妹妹对格里高尔的寄生生活作出了最后的判决。妹妹不愿意充当格里高尔期望的那种理想妻子的角色，这表现为，她只承认格里高尔的社会角色——哥哥，却拒不

---

[128] 卡夫卡：《卡夫卡日记》，陆洁、金坚范译，第 266 页。
[129] 转引自叶廷芳编：《论卡夫卡》，第 712 页。

接受格里高尔的真实自我——甲虫；换言之，妹妹并不理解格里高尔的真实自我（这正是格里高尔期望于妹妹，也是卡夫卡期望于菲莉斯的），当然也不会、不愿承认那只丑恶、无能的大甲虫居然是她哥哥。“这怎么会是格里高尔呢？如果这是格里高尔，他早就会明白人是不能跟这样的动物一起生活的，他就会自动走开。”[130]甲虫不是“哥哥”。那么，“哥哥”究竟意味着什么呢？“哥哥”是一种应当承担的社会角色，对“妹妹”（如果把妹妹理解为“妻子”的话）来说，“哥哥”即是社会一般所理解的“丈夫”。这正是菲莉斯所要求的：“她要的是普通的生活；舒适的住房，我对工厂的关心，可口的食品，晚上十一点上床，暖气……”[131]而这只甲虫，尽管他是格里高尔的真我，但他是不配存在的。

赎罪与质疑

现在，我们才可以说对《变形记》有了接近真实的了解。《变形记》的基本关系从两个方面展开。它的纵向关系展开于人的社会角色与原形（躯壳与真我）之间，而横向关系则主要伸展于格里高尔与妹妹之间（主人公与父亲的关系在《变形记》中不是最独特的关系，它已经展开在《判决》之中）。纵向关系表现为“变形”，即从人的社会角色向他的原形、从躯壳到真我的转变；横向关系表现为“交流”，这种交流本来展开在不同的社会角色之间，一旦某个社会角色向他的原形转变，原先的社会交流必然阻断，因而

[130] 卡夫卡：《变形记》，载《审判》，李文俊、曹庸译，上海译文出版社，1987 年，第 72 页。
[131] 卡夫卡：《卡夫卡日记》，陆洁、金坚范译，第 266 页。

要求建立起一种新的“交流”。因之可想而知，当格里高尔变形为甲虫后，格里高尔其实还期望着另一种变形，那就是妹妹角色的改变，让她扮演全能的圣母之职，既提供他全面的寄生，又理解他的精神生活。这种“变形”之所以未能发生，是因为这对妹妹而言，并不像格里高尔那样是恢复原形，而是让她扮演或承担一些特殊的责任，让她甘愿成为格里高尔的寄生之所。这似乎是一种非分的要求。格里高尔深知这一点，故而“他消灭自己的决心比妹妹还强烈”[132]。卡夫卡当然更深知这一点。在一篇日记（1921年11月6日）中，他对写作作了如下结论：“写作缺乏对世界的独立性。它依赖于伺候炉火的姑娘，依赖于傍炉火自暖的猫；它甚至依赖于傍炉火自暖的可怜老人。所有这些都是有自己规律的独立活动。只有写作是无助的，它不能凭自己自活，只是一种玩笑或一种绝望。”[133]执著于精神生活的格里高尔去死了，尽管他的死是被妹妹判决的，但却是由格里高尔自愿执行的。在一则格言中，卡夫卡曾经写道：“那否弃世界的人必得爱世人，因为他把他们的世界也一起否弃了。”[134]这种爱表现为将世界的罪恶承担起来，让自己作为罪恶被世界清除掉：这是背弃世界的人唯一能付出的爱。即此，我们很容易理解《判决》中的主人公格奥尔格·本德曼在投水前的最后那句遗言：“亲爱的父亲母亲，我可是一直爱

只有写作是无助的，它不能凭自己自活，
只是一种玩笑或一种绝望。

[132] 卡夫卡：《变形记》，载《审判》，李文俊、曹庸译，上海译文出版社，1987年，第74页。
[133] Franz Kafka, *Diaries 1914-1923*, edited by Max Brod, trans. by Joseph Kresh, pp.200-201.
[134] 卡夫卡：《卡夫卡寓言与格言》，张伯权译，黑龙江人民出版社，1987年，第48页。

着你们的。”[135]而《变形记》中的格里高尔，也在被妹妹判决后，“怀着温柔的爱意想着自己的一家人”[136]。与《变形记》相似的还有另一个短篇《骑桶者》(1917)，其中的主人公“我”因向女人（老板娘）乞讨煤（温暖）而遭拒绝，以至于“浮升到冰山区域，永远消失，不复再见”[137]。自愿去执行死成为对家庭与社会最后的爱。而在笨拙、无用的甲虫被清理后，生活之流立即畅通无阻(“有一长串车辆从桥上驶过”[138])，新鲜的空气带来了大地回春的“暖意”[139]，家庭形成了新的和谐关系，仿佛经过那么多忧患的陶冶，妹妹“出落成了一个身材丰满的美丽的少女”[140]，以至于让父母感到，该为她找一个“好女婿”了[141]。

格里高尔的自愿赴死仿佛暗示着《变形记》是一个灵魂赎罪的故事，然而，小说中清理甲虫带来世界与人类的更新这一压抑的结局，却很难让我们得出单一的结论。事实上，小说在灵魂赎罪这一表象之后，还蕴含一层更深的意义：它除了是公众和社会对一个不齿于人类的甲虫的判决和清除外，同时也是一个被正常秩序压抑、排斥的个人，一个毫无权势的无能灵魂，一个对既定社会百无一用的废物，对于压抑与排斥个人的正常秩序，对于强大无比的权势结构，以及对于根据统治集团的价值观念而被利益化了的社会群体的一种质问。它残酷地揭示出，社会、人群与正常秩序的形成及其重谐，无非是借助于对悖逆的个人、不肯屈从的灵魂、对根据某种价

[135] 卡夫卡：《卡夫卡短篇小说选》，外国文学出版社，1985 年，第 44 页。
[136] 卡夫卡：《变形记》，载《审判》，李文俊、曹庸译，第 73—74 页。
[137] 卡夫卡：《卡夫卡短篇小说选》，第 262 页。
[138] 卡夫卡：《判决》，载《卡夫卡短篇小说选》，第 44 页。
[139] 卡夫卡：《变形记》，载《审判》，李文俊、曹庸译，第 75 页。
[140] 卡夫卡：《变形记》，载《审判》，李文俊、曹庸译，第 79 页。
[141] 卡夫卡：《变形记》，载《审判》，李文俊、曹庸译，第 79 页。

值体系是无用的废物的那些人——甲虫们——的压抑、排斥与清除，是建立在牺牲它们的基础上的。

精神的现代命运

最后，当《变形记》的秘密对我们而言似乎昭然若揭的时候，仍然还有一个问题、一种疑惑萦绕在我们心间，难以排遣：以精神原形显身的格里高尔在追求自己的真正生活的同时，为什么会有如此深重的罪恶感，以至于非得牺牲自己以为赎罪不可？换言之，在格里高尔的这种罪恶感中，是否包含着作者卡夫卡的一些异乎寻常的现实心理内容？

为了更好地澄清这一问题，首先我们可以指出，灵魂要过上纯粹的生活，必须完全寄生于身体以及身体的延伸物——家庭与社会之中。这几乎是一切民族灵魂生活的通例。根据印度佛教的原始规定，寻求精神解脱的僧侣们的生活必须以他人供养和布施为基础。卡夫卡一生挚爱的法国作家福楼拜和丹麦哲学家克尔恺郭尔，他们都继承有万贯家资的遗产。克尔恺郭尔的绝大部分作品是自费出版的，优裕的生活条件也使福楼拜能够安心僻居乡野，十年磨一剑地精雕细琢他的不朽艺术珍品。绝大多数俄罗斯知识分子都出生于贵族，他们的社会地位保证了他们可以全身心地追求精神生活。哲学家叔本华为之作过一个很好的概括，他认为，财富和遗产应该为“天才们”保留，因为这使天才“从人类命定的奴隶生活中求得解放”[142]，

[142] 叔本华：《生存空虚说》，作家出版社，1987 年，第 235 页。

导致他们“在艺术、哲学、文学方面，表现深刻的观察力”[143]，而普通的人“若承受遗产，便该唾弃”[144]。他们在追求灵魂生活的同时，除了应该为精神世界的广阔深邃感到心醉神迷之外，不会也不必对精神生活的基础——它的寄生性产生罪恶感。从某种意义上来说，一个民族精神天才的诞生正相当于从这个民族的物质生活土壤中开出的精神花朵，这个民族为自己的精神天才提供了丰厚的物质基础，而天才们则以其创造性集中体现或升华了这个民族的精神。

就此而言，卡夫卡精神生活的罪恶感，他的心理真实，恰恰在于：卡夫卡的精神或灵魂生活缺乏任何意义上的物质或身体（以及它的延伸物——家庭、社会）的基础。为了过上卡夫卡神往已久的“真正生活”——写作的生涯，一方面，卡夫卡必须摆脱强加于他的躯壳（职员生活），另一方面，他又必须为无能的精神找到一块真正的寄生之所（对他而言是家庭），《变形记》以其怪诞的情节极力抒写了卡夫卡／格里高尔在这二者间的绝望努力与挣扎。而《变形记》的结局则证明，原形摆脱躯壳寻求寄生的尝试遭到社会和家庭双方的断然拒绝！甲虫被判决不属于人类象征着得不到任何基础的精神孤立绝缘的命运。当卡夫卡有一次对朋友雅诺赫（Gustav Janouch）谈到，“我们犹太人不是画家……我们是叙述者”[145]时，考虑到绘画除了是一项精神活动之外，首先是一门“手艺”——身体的能力——只有叙述（写作）因为只借助语言文字才是灵魂的直接生活，也考虑到写作是卡夫卡唯一之所能（他在致马克斯·勃罗德的一封信中提到：“除了写作我还能干

[143] 叔本华：《生存空虚说》，第 235 页。
[144] 叔本华：《生存空虚说》，第 235 页。
[145] 克劳斯·瓦根巴赫：《卡夫卡传》，周建明译，第 241 页。

什么呢？”[146]）卡夫卡竟无意中道出了数千年来犹太民族的精神命运。“除了写作我还能干什么呢？”这毋宁是说，我们犹太人缺乏身体而独擅灵魂！卡夫卡在 1921 年时仍然说，他的“脚下没有坚实的犹太人的土地”[147]，然而，犹太人作为一个民族，从公元前 586 年犹太王国亡于巴比伦尼布甲尼撒王手中之后，两千五百年来从来没有“土地”，也就是说，没有“身体”。这个身体极端无能、只能任凭灵魂四处漂泊的犹太民族，却为人类提供了最伟大的精神导师。在古代，犹太圣哲们创建了影响人类文明至深至远的犹太教与基督教；在近现代，他们几乎在人类精神的所有领域都作出了无与伦比的划时代贡献，犹如奥林波斯山上的诸神，雄踞在人类文化的峰巅。思想家马克思、心理学家弗洛伊德、物理学家爱因斯坦、哲学家胡塞尔和维特根斯坦、作曲家马勒，当然还有独一无二的作家卡夫卡……这些伟大的身影不过是这个无限可延伸的名单上的最初几个名字而已。离开了他们的独特贡献，20 世纪人类的精神面貌几乎是无法想象的。

这个身体极端无能、只能任凭灵魂四处漂泊的犹太民族，却为人类提供了最伟大的精神导师。在古代，犹太圣哲们创建了影响人类文明至深至远的犹太教与基督教；在近现代，他们几乎在人类精神的所有领域都作出了无与伦比的划时代贡献，犹如奥林波斯山上的诸神，雄踞在人类文化的峰巅。

[146] Franz Kafka, *Lettres to Friends, Family, and Editors*, p.334.
[147] 克劳斯·瓦根巴赫：《卡夫卡传》，周建明译，第 75 页。

20 世纪的《启示录》

至于卡夫卡，他的独一无二性则更是在于，只有卡夫卡以其艺术家的惊人敏感意识到了这种犹太精神的负罪和罹难，因为今天，这一犹太精神在更普遍意义上，已然成为高度秩序化的 20 世纪纯粹精神的象征。不要忘记，在 20 世纪，精神正是一个无家可归的犹太人。一方面，工业与技术的进步日益将社会与人群组合为一个有秩序的、平均化的整体，它的巨大权势日益威胁或影响到独特个人的存在，这一情势使得独特的个人为争取自己的真正生活，经常必须以放弃为权势所侵蚀的公众生活作为代价，以至于只留下了一个纯粹的灵魂和一种纯粹灵魂的生活；另一方面，这一纯粹的灵魂因为与社会性的公众生活有意疏离，从而丧失了一切物质或身体基础，同时它自身既渴望却又无力为自己重建一个基础以作为精神寄生的家园，它正像《变形记》中的格里高尔那样，必然遭到社会和家庭的双重拒绝，成为无所容身、无家可归的游魂。而在社会和家庭的双重拒绝下，纯粹的精神势必会感到，不是别的，甚至连纯粹的精神的存在本身即是罪孽，因为它既不想担负任何社会角色，又贪图着寄生之所，同时自身又极端无用无能。不仅如此，卡夫卡在 1922 年致马克斯 · 勃洛德的一封信中，把作家定义为“人类的替罪羊，他允许人享受罪愆而不负罪，几乎不负罪”[148]，无论当时他是否想

不要忘记，在 20 世纪，精神正是一个无家可归的犹太人。

[148] 转引自叶廷芳编：《论卡夫卡》，第 731 页。

及自己作为一个犹太人的经验，但他确实是通过西方文化中人尽皆知的宗教典故，以非凡的洞见，在本质上把作家、替罪羊和犹太人创造性地并列在一起，从而道出了现时代作家（灵魂生活的追求者）作为犹太人（被当作替罪羊）的普遍命运：人类群体将罪愆让渡给作家的灵魂，正如在历史上以及在欧洲即将到来的黑暗日子里，将人类的罪愆让渡给犹太民族，让作家和犹太人作为替罪羊承担起人类的罪恶，让作家以自己灵魂的痛苦或其笔下人物的遭际，让犹太人以自己的生命来赎去人类的罪恶，从而换得这个人类群体的“不负罪，几乎不负罪”。这就形成了这个光怪陆离的 20 世纪最为奇特的现象：一方面是灵魂罪恶感的日益深重，另一方面则是身体快乐、大众文化的日益弥漫；一方面个人变得日益孤独与无能为力，另一方面则是群众运动风起云涌，社会秩序及其控制能力日益强化；一方面是人性显得日益晦暗和深不可测，另一方面则是社会变得日益合理和简单……一旦理解“替罪羊”替罪的规则，那么，一切疑惑定将涣然冰释：作家、犹太人，或者说，这一 20 世纪的精神之所以感到罪孽深重，恰恰是由于他们接受了整个人类群体的罪孽的让渡，他们替代了人类之罪，以此换得人类的清白和生活的普遍轻松。

这就形成了这个光怪陆离的 20 世纪最为奇特的现象：一方面是灵魂罪恶感的日益深重，另一方面则是身体快乐、大众文化的日益弥漫；一方面个人变得日益孤独与无能为力，另一方面则是群众运动风起云涌，社会秩序及其控制能力日益强化；一方面是人性显得日益晦暗和深不可测，另一方面则是社会变得日益合理和简单……

根据以上背景，在结束本章之前不妨指出，与绝大多数卡夫卡论者的主张恰恰相反，我们认为，卡夫卡以及卡夫卡的读解其实只属于少数人。如果需要打一个比方的话，那么，卡夫卡与其少数读解者的关系，差强可以比作那位同样被当作替罪羊（“上帝的羔羊”）的犹太人耶稣与其少数门徒的关系。只有极少数的门徒从耶稣钉在十字架上的丑陋身影中，认出了基督苦难的切身性，并把苦难作为自己的使命继承下来。同样，也只有极少数的读者，能够从《变形记》中那只无能的甲虫身上，读出灵魂的现代命运，并把它作为对自己的判决继承下去。如此众多的卡夫卡信徒正如如此众多的基督徒，与他们簇拥着卡夫卡和耶稣的身姿一致，因为恰好站立在卡夫卡和耶稣的周围，故而与这些“替罪羊”的迫害者们站在同列。最终，也是因为在“替罪羊”这一点上的相似，如果再需要打一个比方的话，差强可以把卡夫卡的作品当作20世纪的《启示录》，不过，正如一切《启示录》的命运那样，它也是一部几乎从来都被误读的《启示录》。

与绝大多数卡夫卡论者的主张恰恰相反，我们认为，卡夫卡以及卡夫卡的读解其实只属于少数人。

如此众多的卡夫卡信徒正如如此众多的基督徒，与他们簇拥着卡夫卡和耶稣的身姿一致，因为恰好站立在卡夫卡和耶稣的周围，故而与这些“替罪羊”的迫害者们站在同列。

第五章
Chapter 5

《诉讼》与其他

本章论题将集中于卡夫卡的中期作品（1914—1918）。我们将主要讨论这一时期的三部作品：《诉讼》（1914—1918）、《在流放地》（1914）和《致科学院的报告》（1917）。首先需要指出，卡夫卡的中期作品既与其早期作品保持着连续性，又显出很大的不同。其次，我将显示，卡夫卡的中期作品之间也存在着较大的差异。在行文中，我将尽量运用清晰可辨的方式，也就是说，通过对小说的叙事视角、人称和逻辑形式的分析，来说明上述连续性和差异。前文中，我们已经指出了卡夫卡作品作为“反思的文本”的性质，我们还认为，卡夫卡作品耐人寻味的地方，在于其始终有着非常精细的形式考虑。

《诉讼》的连续性

长篇小说《诉讼》是卡夫卡中期作品的代表作，其基本写作年代是在 1914 年到 1918 年之间，主体部分完成于 1914 年，但整部小说最终没有完成。

小说写作的年代涉及欧洲历史上一个特殊的年代：第一次世界大战期间。战争在两大阵营之间展开，奥匈帝国、德国和土耳其作为一方，其他欧洲国家如英国、法国和沙皇俄国等作为另一方（后来还有美国）。这次大战可谓人类有史以来最残酷、最惨烈的战争，它动用了最新发明的机械化武器如飞机、大炮、坦克乃至毒气等，但却以阵地战、拉锯战等近乎原始的两军对垒方式进行，经常一个战役就会死伤一两百万人。小说写作的年代正好与战争年代重叠；但是，在卡夫卡的作品中，并没有留下任何有关这场战争的痕迹。1914 年 8 月 2 日正好是德国向俄国宣战的时间，一战于这一日全面爆发；这个时间也正好是卡夫卡创作《诉讼》的开始日。他在那天写的日记里有这么一句话："德国向俄国宣战"，第二句话则是："下午去游泳学校"。[149] 卡夫卡似乎是一个对政治特别冷漠的人，或者说，这场战争对他的生活和创作并没有太大的直接影响。

然而与此同时，卡夫卡自身却陷入另一场战争之中。这场战争就是他个人的婚姻问题。1914 年 6 月 1 他与菲莉斯 · 鲍尔订了婚，又于同年 7 月 12 日退婚。然后，从 8 月份开始，卡夫卡随即进入狂热的创作状态。到了 1917 年，他又与菲莉斯订婚，同年再一次退婚。在这段时间内，卡夫卡的个人生活处在戏剧性动荡的状态中。《诉讼》就是在同一时期产生的。英国作家卡奈蒂曾经专门写过一部《另一起诉讼——卡夫卡致菲莉斯的信》（1969）的书，他把卡夫卡与其未婚妻长达数年的感情纠葛，当作他所经受的另一起诉讼。[150] 总之，卡夫卡长期陷于这场感情纠葛的战争里而不能自拔。这从"诉讼"一词的德文原意即可见出。德文"Der Prozess"一词

[149] 卡夫卡：1914 年 8 月 2 日日记，《卡夫卡全集》第 6 卷，叶廷芳主编，孙龙生译，河北教育出版社，1996 年，第 334 页。

[150] 埃 · 卡奈蒂：《另一起诉讼——卡夫卡致菲莉斯的信》（1969），载叶廷芳编：《论卡夫卡》，中国社会科学出版社，1988 年，第 601—613 页。

除了表示“审判”之外，本身与英文“process”是同一个词，意为“过程”。《诉讼》的中文译者孙坤荣教授建议用中文“诉讼”对译该词，以综合原文中的两层意思，应该说是十分贴切的[151]。小说的写作与卡夫卡的感情纠葛都持续了四年，是卡夫卡精神历程中的一个重要阶段。

《诉讼》的主人公叫约瑟夫·K.，他是银行的高级职员——一位“襄理”，相当于银行的第三号人物，正处在事业的上升期，可谓春风得意。一天早晨，他却在家里被逮捕了。但是他又可以行动自如，逮捕他的人只是告诉他，除了法庭召他去的时候他必须去之外，他的生活一如既往。当然，约瑟夫·K.觉得莫名其妙，他相信一定是有人诬告了他。然而不久，他就接到了法庭打来的电话，还告诉他一个地址，让他星期天去找这个法庭。他发现这个法庭并没有位于一个司法大楼里，而是寓居在某个居民楼里面。在寻找法庭的过程中，他感觉到不太好意思，就随便编造了一个理由，说要找细木匠兰茨。结果好多房客就给他指路。他来到第六层，有一个妇女正在洗衣服，他就问木匠兰茨在吗？妇女指了指隔壁房间的门，他就走了进去。进去之后他发现，这里面是一个会议室；然后里面有一个法官模样的人就说，你来迟了很长时间，你是不是房屋油漆匠？约瑟夫·K.感到非常生气，于是他发表了一大通演说；他认为法庭完全是草菅人命，法庭里是一帮道德败坏、贪赃枉法的人，因为他们连他是谁都不清楚就把他召来了。他的讲演很成功；他发现在场的人分成左右两派，他想应该争取更多的人站在他这一边，故他的演讲更显得口若悬河、滔滔不绝。当他的讲演被一个偶

[151] 孙坤荣：《译本序》，载卡夫卡：《诉讼》，孙坤荣译，第16页。

然事件所打断时，他这才看清楚，原来在座的所有人都佩戴着同一个徽章，连那个法官也戴着。他意识到自己受骗了；他本来觉得，可以通过自己的演说去说服和争取更多的听众，以反对那些贪赃枉法的人，可是他发现所有的人都是一伙，他恼羞成怒，继而愤然离去。法官则对他说，放弃这次审讯你会失去很多好处。

约瑟夫·K．一开始觉得自己完全是无辜的：他是一个事业有成的人；是法院弄错了；而他自己完全有能力澄清这件事情。但法院却比他想象的更为复杂、更为神秘。法院的人不仅佩戴着同一种徽章，而且颇有点不可思议。一个细节显示，约瑟夫·K．瞎编的木匠兰茨真的住在法院里面！类似的情节日后也发生在卡夫卡的另一部长篇小说《城堡》(1922) 中。K．在一个风雪之夜来到城堡下的一个村庄，他自称是土地测量员；后来有人打电话到城堡问询，回答说城堡根本没有雇过土地测量员；接着又来了一个更正的电话，说确实雇了一个土地测量员。种种迹象表明，土地测量员的角色是K．瞎编的，但是，瞎编的情节为什么却与体制内部的认定，具有那种神秘的内在和谐？

现在轮到约瑟夫·K．忐忑不安了。下一周的星期天，他主动去找法院，结果发现那个女人还在那里，但屋子里的摆设全变了。我们被告知，这个法院其实就在居民楼里；平时是民居，只有到了法院需要审判时，才临时布置成一个法院。然后又产生了一些故事，涉及约瑟夫·K．与女人的关系。首先，他发现这个女人与预审法官有染，他想利用这个女人，以图接近法官；其次，这个女人也很喜欢他。我们可以发现，卡夫卡小说中屡次三番地写到这种妓女般的女人。卡夫卡笔下的主人公与这些女人一拍即合，毫无距离；他利用她们，以期达到自己的目的。

后来，约瑟夫·K．的叔叔知道了他官司缠身，就想给他请一位律师；这位律师是叔叔以前的同学。约瑟夫·K．来到律师家里，在那里认识了律师的女仆；这位女仆也喜欢他。但他的具体目的是想通过女仆，攀上律师生活圈中法官们的高枝。然而，当叔叔、律师和法院的办公室主任正在屋子里为他的事进行重要的会谈之际，约瑟夫·K．却受到女仆的诱惑，把这三个男人晾在一旁，忙于与女仆鬼混去了。后来，法院办公室主任等了好几个小时，约瑟夫·K．也没有现身；他就跟K．的叔叔说，我帮不了你，就走了。他叔叔当然很生气。

再后来，约瑟夫·K．被银行派去接待一位意大利人。这位意大利人想参观布拉格的一个大教堂，他们约在10点见面。约瑟夫·K．左等右等，意大利人一直没来，他就进入了教堂内部。外面狂风大作，天色很黑，教堂里又没有灯光，在这样一个昏暗的环境中，K．碰到了一位神父。神父叫住他，跟他谈了一些事，其中包括《在法的门前》这样一个故事：

有一个乡下人到城里来找法，他走到了法院门前，看到了一个守门人；守门人很凶，长着黑胡子穿着皮大衣。乡下人就说，我要进去找法。守门人说不行，现在不能让你进去。那么，什么时候能让我进去？不知道。然后守门人就跟他说，我只是最低级的看守，这个门里面有无数个守门人，一个比一个权力大，一个比一个凶狠。即使是第三道门的守门人，我连看都不敢看他一眼。结果把这个乡下人吓着了，更不敢进去了。守门人给了他一张凳子让他坐，乡下人就每天在门口等待进门的准许，等了一年又一

> 年。期间，乡下人不断给守门人送礼，守门人回答说，我收礼就是想让你安心，断了这条心。漫长的岁月中，乡下人与守门人混熟了，连守门人身上的跳蚤都熟了，他甚至央求跳蚤帮忙让守门人允许他进去。多少年过去了，乡下人老了，慢慢萎缩了，然后他看到，黑暗之中有一道光从法院的大门里射出来。他感觉到自己的生命正在流失，在临死前一瞬间，他一生的经历凝聚成一个问题，去问守门人；守门人说你真烦，还有什么问题？他就说，我在这儿等了一辈子，从来没看见过第二个人要进去见法，这是为什么？守门人大声回答说，告诉你吧，这个大门就是为你而开的，我现在就要把它关上了。[152]

下面是约瑟夫·K．与神父对这个故事的评论。我们已经指出，评论是卡夫卡写作作为“反思的文本”所特有的方式之一。讨论集中在：到底是守门人欺骗了乡下人呢，还是守门人也受到欺骗？约瑟夫·K．后来说，这两个人可能都是受骗者，然后他们又谈了各种各样的可能性。约瑟夫·K．觉得找不到一个令人满意的终极答案，也很疲倦，就离开了大教堂。这一章是小说的第九章，小说结束前的最后一章。

最后一章。一天晚上，约瑟夫·K．家里又来了两个男人——这与小说开头的情节相呼应：有一天早上，两个男人来找他，告诉他被逮捕了。这两个男人把他带到郊外，用一把刀把他杀了。故事就结束了。

---

[152] 卡夫卡：《诉讼》，《卡夫卡全集》第 3 卷，叶廷芳主编，章国锋译，第 171—173 页。

我想说，这个故事好像并不陌生，它似乎与我们前两章讨论过的两部小说——《判决》与《变形记》——有相似的地方，有连续性。

首先，三部小说里的主人公都是卡夫卡自己。前文已经指出，《判决》里的格奥尔格·本德曼即卡夫卡，因为卡夫卡名字的字母数与本德曼一样，且其中元音字母的位置也是一样的。《变形记》里的萨姆沙也与卡夫卡有相同的构词法。《诉讼》中的主人公叫约瑟夫·K.，“约瑟夫”来自卡夫卡所居住的布拉格犹太人聚居区的名字；K. 则是“卡夫卡”的缩写。此外，他小说里提到的那些女人，往往都暗示着他的未婚妻菲莉斯·鲍尔（Felice Bauer，简称 F. B.）[153]。这是第一点连续性。

其次，我们可以发现，这部小说开篇与结尾的方式亦与前两部小说相似。例如，《判决》是这样开头的：

> 在最美丽的春季的一个星期天的上午。年轻的商人格奥尔格·本德曼……刚写完一封信。[154]

《变形记》：

> 一天早晨，格里高尔·萨姆沙从不安的睡梦中醒来，发现自己躺在床上变成了一只巨大的甲虫。[155]

---

[153] 如《诉讼》中的标斯特纳小姐（Fräulein Bürstner）和《城堡》中的弗丽达·布兰德菲尔德（Frieda Brandenfeld），简称都是 F. B.。

[154] 卡夫卡：《判决》，《卡夫卡全集》第 1 卷，叶廷芳主编，孙坤荣译，第 35 页。

[155] 卡夫卡：《变形记》，《卡夫卡全集》第 1 卷，叶廷芳主编，张荣昌译，第 106 页。

《诉讼》也是一样的：

> 一定有人诬告了约瑟夫·K.，因为他没干什么坏事，一天早晨却突然被逮捕了。[156]

三部作品都涉及，对于主人公至关重要的某个事变，于早上突然降临。事变作为给定的事实，在开头直截了当地发生，构成了卡夫卡“反思的文本”的前提条件。然后，三部作品的结尾都涉及主人公的死亡。《判决》里，主人公投河之前说：“我的父亲母亲，我是一直爱着你们的。”[157]《变形记》里，当萨姆沙的妹妹判决他不属于人类之后，甲虫怀着深情与爱意决定离开人世，他的这种愿望“比他妹妹还强烈”[158]。《诉讼》里的结尾则是，那两个人行刑的时候，约瑟夫·K.感觉自己像一条狗似的；仿佛是他死了，但他的耻辱还留在人间[159]。结尾又是相似的。

还有第三点。三部小说都涉及对主人公的审判与判决，都涉及罪与罚的主题，三部小说创作的年代亦相差不到两年。所以，我们很容易认定这三部小说之间的连续性和互文性。

在做了以上铺垫之后，我们再来看《诉讼》的特色，看它与此前的小说到底有何不同。

---

[156] 卡夫卡：《诉讼》，《卡夫卡全集》第3卷，叶廷芳主编，章国锋译，第3页。
[157] 卡夫卡：《判决》，《卡夫卡全集》第1卷，叶廷芳主编，孙坤荣译，第47页。
[158] 卡夫卡：《变形记》，《卡夫卡全集》第1卷，叶廷芳主编，张荣昌译，第152页。
[159] 卡夫卡：《诉讼》，《卡夫卡全集》第3卷，叶廷芳主编，章国锋译，第183页。

《诉讼》的特色

首先,《诉讼》是一部长篇小说，这一点与前两者明显不同(《判决》是短篇,《变形记》是中篇)。这种差别主要不在篇幅的长短，而在于卡夫卡对于小说叙事复杂性的认识。更为重要的是,《判决》和《变形记》在卡夫卡生前即已完成和出版，并被视为代表其艺术特色的作品。而《诉讼》则不仅没有完成，而且与卡夫卡的其他长篇小说一样，得到了作者极为负面的评价，甚至于欲付诸一炬；在卡夫卡看来，它充其量只能是其作品“失败的纪念碑”。

第二点涉及罪的问题。我们发现，前两部小说涉及的罪都是很明确的。《判决》中，格奥尔格企图取代父亲，犯下了俄狄浦斯情结的“弑父”罪；《变形记》中，格里高尔为了过上一种纯粹的精神生活，不惜还原为一只巨大的寄生虫，犯下了推卸家庭与社会责任的“反人类”罪。可是到了《诉讼》那儿，读者始终无法知道，约瑟夫·K.究竟犯了什么罪。这种罪是不明确的，从来没有被命名过。而且，小说的首尾都伴随着一系列难以释怀的疑问。在小说的开端，当那两个男人闯进约瑟夫·K.的房间时，我们读到了K.的一系列疑问：

> 这是些什么人？他们在说些什么？他们是哪个机构派来的？……是谁胆敢闯进他的住宅，对他如此无礼呢？[160]

---

[160] 卡夫卡：《诉讼》,《卡夫卡全集》第3卷，叶廷芳主编，章国锋译，第5页。

这一系列问题从来没有得到回答过。结尾处，当约瑟夫·K.被两个男人带到郊区，当他看到对面房子里有人探出了脑袋，他马上又向自己提出了一系列疑问：

> 他是谁？是一个朋友？一个好人？一个同情者？一个想帮助他的人？他只是孤零零的一个人？还是整个人类？现在帮助还来得及吗？是不是有人提出了过去被忽略的，然而有利于他的论点？……他从未见过的法官在哪里？那个他永远无法企及的高级法院又在哪里？[161]

显然，这部小说起始与终结时的所有疑惑，都未曾解答过。犹如从起点出发到终点，又回到了起点。约瑟夫·K.死得不明不白。他认为自己是无辜的，是有人诬告了他；但是没有任何人告知他犯了什么罪。尤为重要的是，约瑟夫·K.本人也从来没有愿望想知道他到底犯了什么罪——他似乎在回避这个问题。这是第二点：他的罪是无名的。

第三点，小说的整体就在这两组疑问之间展开。小说虽然未完成，但从某种意义上说亦可谓完成。因为小说的开头与结尾都已固定，中间情节的增删并不能影响大局，改变小说终极意义上的不确

显然，这部小说起始与终结时的所有疑惑，都未曾解答过。犹如从起点出发到终点，又回到了起点。

[161] 卡夫卡：《诉讼》，《卡夫卡全集》第3卷，叶廷芳主编，章国锋译，第183页。

定性。

第四点，值得注意的是，约瑟夫·K. 这次并没有自决，而是被处决的。也就是说，约瑟夫·K. 不仅从来没有认过罪，而且相反，他一直在抗拒着对他有罪的指控。为此他动用各种关系，利用女人，力图证明自己是无辜的。可是，在关键的时刻，在面临着脱罪的重大机缘时，他又表现得如此心不在焉乃至漠不关心，不禁让人怀疑他心中是否另有隐情。这就使我们想起了《诉讼》中的一个情节：神父在讲述《在法的门前》的寓言时，对约瑟夫·K. 说过这么一句话："你别欺骗自己了。"K. 回答说："我干嘛要欺骗我自己呢？"神父说："在法院里，你可是一直在欺骗你自己。"然后，神父才转到寓言的主题上，说："在法律的序言中，是这么谈到这种欺骗的——"下面就接着《在法的门前》的寓言。[162]

我们认为这一情节非常重要：约瑟夫·K. 到底在自欺什么？这个问题与我们前文所谈息息相关：法庭抽象地指控 K.，而 K. 则一直在回避他到底犯了什么罪。这是这部小说里出现的崭新的东西。约瑟夫·K. 反对对自己的抽象的定罪，但是，具体的罪的问题，则被他回避了。从绝对的角度来说，我们每个人都摆脱不了负罪感；我们每个人或多或少必然是有罪的，在上帝面前一定是有罪的。历史上多少冤案都产生于抽象定罪而具体认罪的过程：强权者让人好好反省自己做过什么事，今天没想明白明天继续想；于是，每个人都开始反省自己，开始坦白自己犯过的罪。为什么？因为每个人内心深处都不能说自己是无辜的——尤其是当面对一个绝对者的时候。但在《诉讼》中，K. 一直在逃避具体的认罪；他认为，当

[162] 卡夫卡：《诉讼》，《卡夫卡全集》第 3 卷，叶廷芳主编，章国锋译，第 171 页。

法院没能给出一个具体罪责的时候，他不承担罪。从这个意义上来说，约瑟夫 · K. 是一个自欺者，更是抗辩者。

我们可以考察一下 K. 听了神父的故事后所作的评论：他认为是守门人欺骗了乡下人。为什么呢？明明守门人知道这门是专为乡下人开的，但直到后者临终前才告诉他，这不是欺骗吗？神父回答说，你扭曲了这个故事的原意，这个故事只是说，守门人告诉乡下人“现在不能让你进去”，并没有说未来不让他进去，这与守门人最后说的另一句话，“这大门是专门为你所开的”并不矛盾。守门人说的都是事实，他甚至于还建议乡下人在没有得到他允诺的情况下闯进大门去，只是告诫说，里面的守门人权力更大，“即使第三道门的看守，我也不敢看一眼”，结果反而是乡下人不敢进去。后来，神父又说，其实守门人本身也是个受骗者。因为守门人自己出于害怕，根本不敢进去，根本不知道门里面到底有些什么。而且他甚至于说，守门人反而是乡下人的一个附庸：乡下人是自由的，他既可以来到法律的门口，也可以离开去别的地方；而守门人却任何地方都不能去，永远只能守在门口，而这道门是为乡下人开的，一辈子都得为乡下人服务。所以，守门人是受骗者，他甚至于比乡下人还惨，他是乡下人的奴隶。

后来，约瑟夫 · K. 又评论说，乡下人和守门人都是受骗者。神父又作了一些解释，K. 觉得很累，他感觉自己把握不了该问题

但在《诉讼》中，K. 一直在逃避具体的认罪；他认为，当法院没能给出一个具体罪责的时候，他不承担罪。从这个意义上来说，约瑟夫 · K. 是一个自欺者，更是抗辩者。

的多重答案，故准备告辞。最后神父说，他是属于法院的。约瑟夫·K. 就表示，为什么法庭不向他提具体的建议呢？神父说，法院是这样的，它是不会主动向你提要求的。你来，它就接待你，你去，它也不留你。

小说里面又出现了一个故事，这使得卡夫卡的叙事角度变得较以前更为复杂。小说的书写拖到了1918年尚未完成，但寓言写于1914年年底的事实却暗示着，小说中的很多情节是在寓言之后完成的。这就必然带出了相关的问题：寓言在这部小说里起什么作用？它代表着什么样的角度？寓言与小说其余部分的叙事，又存在着什么关系呢？

学界一般承认，卡夫卡小说的叙事是典型的主人公叙事，也就是说，主人公的眼光与叙述者的眼光是同一的[163]，作者并不超然于主人公的眼光。可是，一旦有寓言出现，那么，寓言是否就超出了主人公有限的视角呢？进一步说，寓言作为文本中的文本，是否蕴涵着小说的基本秘密？或者，寓言与文本在小说中构成的是一种平行的关系，文本的存在并不能完全被寓言所解释，而是具有一定程度的独立性？从小说的未完成来看，应该说后一种情

寓言在这部小说里起什么作用？它代表着什么样的角度？寓言与小说其余部分的叙事，又存在着什么关系呢？

[163] 如马丁·瓦尔泽：《对一种形式的描述》，慕尼黑，1961年（1951年学位论文）。弗里德里希·白斯纳：《叙述者弗兰茨·卡夫卡》，斯图加特，1952年。参见温弗里德库楚斯：《卡夫卡的〈诉讼〉和〈城堡〉中叙述的方式与时间的演变》（1964），注①，载叶廷芳编：《论卡夫卡》，第485页。

况的可能性最大。也就是说，小说出现了两种视角同时并存的局面。对第一种视角而言，意味着约瑟夫·K.对于法庭抽象定罪的一种抗辩，即如果法庭没能给出某个具体的罪责，他就不承担任何罪。从这一点，可以看出约瑟夫·K.较之格奥尔格·本德曼和格里高尔·萨姆沙在人物性格上所获得的进展，即在前者看来，罪不再是先天的，不再是人无法摆脱的原罪，而是具体法律论辩过程的结果，是一个具体的可抗辩的对象。但是另一方面，寓言的存在促使上述视角在某种绝对力量（在小说中是法律和神父）的观照之下，变得暧昧可疑和难以自辩。这尤其体现在神父关于约瑟夫·K.自欺的断言上。根据这种绝对的视角，正是约瑟夫·K.隐瞒了自己先天的原罪，导致了他动用一切（包括卑劣的）手段抗辩，但抗辩的结果只是使得罪变得随处皆是、更形明显。神父最后一句关于法院的话进一步强化了法院的绝对立场，即法律所关心的是原罪，而不是任何具体的罪。

正是借助于以上分析，我们发现小说之所以未能完成的真正困境，是小说陷入两种立场、两种视角之间不可调和的冲突之中。原先作品中，真我与躯壳之间带有价值色彩的层序性垂直差别，转变成不带价值色彩的水平差别。两种立场似乎都为卡夫卡所激赏，这样一来，对这部小说的阐释就不会得出任何一个标准答案。视角的复杂性是卡夫卡中期作品的真正特色。在早期的小说中，基本冲突体现为两种东西（真我和假我、社会的声音和私人的声音）之间的相互较量，以及两者之间此起彼伏、相互替代的格局；而结局往往

视角的复杂性是卡夫卡中期作品的真正特色。

是社会的声音替代了自我的声音。到《诉讼》那儿就不是这样了。我们可以看到，约瑟夫·K．不愿意承担抽象的罪责，这决定了他最终不是自决，而是被处决的命运；但是另一方面，他似乎又隐隐约约地意识到罪，所以当最后那两个男人要处决他时，他是相当配合他们的；他甚至于在路上还走得很快，以便于避开警察。对于这样一个现象，我们找不到任何标准的答案，这时候我们发现，这一阶段卡夫卡的意识进入了相当复杂的层面。这样一种复杂性是他的前期作品所付诸阙如的。

下面我们再来考察卡夫卡同一时期的其他两部小说。

《在流放地》与怀疑

第一部小说叫《在流放地》（也译作《在流刑营》）。该小说写于 1914 年 8 月，正好与《诉讼》的写作同步；更准确地说，写于卡夫卡刚与未婚妻第一次退婚之后。

故事如下：有一位旅行者受司令官的邀请，来到一个小岛参观对一位士兵的处决。这位士兵对他的长官犯下了如下错误：当上尉早晨醒来时，他的巡务兵正在睡懒觉；上尉就用鞭子抽他，巡务兵对上尉恶狠狠地说："你再打的话我就把你吃了。"结果他就被判处了死刑。此时，一位军官正在向旅行家介绍他的刑罚工具。这是一架精密的机器，由三个部分组成：下面是一张床；上面最高的部分叫"绘图师"；中间是一根耙子，上面安装着很多耙齿一样的针。这架机器是以前的老司令官设计的。军官非常崇拜老司令官，尽管老司令官已经死了，然而这套刑罚制度还存留至今。刑罚一共要延续十二个小时。前六个小时把犯人绑在机器上，让机器自动执行一套程序。军官先在机器上层放置一张图纸，然后机器会根据图纸把犯人翻来覆去，把判词刻写在犯人身上。这一次的判词是“要尊敬你的上司”。然而，该刑罚最有意思的地方发生在后六个小时中，此时，犯人会体验到与前面截然相反的另外一种情绪。他会感觉到宁静平和，因为判决的效力在他身上已经发挥作用了；这六个小时内，他会凭借肉体的伤痕去感受判辞的意思；等到他最终领会到意思之后，他就会进入一种狂喜的状态——军官说：“看到这种情景，人们情不自禁地也会想到愿和犯人一起躺到耙子底下”[164]，也就是说，在这一瞬间，犯人与判决和法律融为一体。

老司令官在世时，该刑罚成为本地远近闻名的风景；每当要举行刑罚之际，很多人（包括很多军官太太）都会前来观看。但是，随着老司令官的辞世和新司令官的上任，情况变得截然不同。新司令官显然对这一套深恶痛绝，认为它既野蛮也不人道。但他又不好直接废除前任的体制，所以想出了一个招，就是借助于一位外来者——他可能具有著名学者的身份——眼光的见证，以此反衬体制的非人道和残酷性，达到废除这一体制的目的。军官当然也知道新司令官的意图，但他坚决要求旅行者帮助他捍卫这套体制，却遭到了旅行者的拒绝。结果，军官在给犯人行刑到一半的时候，做出了一个新的决定。他把犯人放了，转而把自己绑在机器上面。“那么说时候到了，”[165]军官说；他为自己挑选了一个判决词，是“要公正”。然而，反讽的是，这套机器原先一直运行得好好的，但是当用在军官身上时，它不期然就散架了。耙齿上的那些针“并没有在

[164] 卡夫卡：《在流刑营》，《卡夫卡全集》第1卷，叶廷芳主编，洪天富译，第88页。
[165] 卡夫卡：《在流刑营》，《卡夫卡全集》第1卷，叶廷芳主编，洪天富译，第98页。

写字，而是在乱戳乱刺；床也没有翻动军官的身体，而是颤巍巍地把他的身体举起来送进针里”[166]。旅行者和原先的那个犯人，还有一个士兵，把军官从机器上抬了下来，发现军官已经死了；他的眉头上扎着一根针，面色如常，两眼如睁，就跟普通人一样，一点也没有发现那种心醉神迷、与法律融为一体的迹象。一个极大的悖论出现了：军官作为最后一个被执行刑罚的人，他想得到与司令官意志融为一体的快感，以此来说服旅行者；结果他要求公正，机器却对他不公正：机器自己先行散架了；本来刑罚要延续几个小时，结果没几分钟就把军官弄死了——他死得一如平常。

小说继续写到，旅行者准备上路了；他来到了一处小酒店，看到了老司令官的葬身之处和一块小石碑，石碑上面写着铭文，旅行者不得不跪下来看，上面写着：

> 老司令官长眠于此。他的信徒们为他挖了这个坟，立了这个碑，现在只好隐姓埋名。可以预言，司令官在若干年后又将复活，从这个屋里率领他的信徒重新占领这块营地。请你们相信并等着瞧吧！[167]

读完这段文字，旅行者站起身来，发现周围站着不少男人，他们正在微笑，仿佛同他一道念过了铭文，觉得非常好笑，正期待着他同意他们的看法。这确乎是一件滑稽好笑的事情：因为老司令官的信徒把他当成上帝，期待着他死而复活，带领他们收复失地。周

[166] 卡夫卡：《在流刑营》，《卡夫卡全集》第1卷，叶廷芳主编，洪天富译，第103页。
[167] 卡夫卡：《在流刑营》，《卡夫卡全集》第1卷，叶廷芳主编，洪天富译，第105页。

围的人都在讪笑，可是旅行者却没有笑。旅行者感到一种沉重的东西，“仿佛这是一座历史的纪念碑，让他感到了以往时代的力量”[168]。

他决定离开这个小岛，原来的那个犯人和士兵都想跟着他走。他坐上小船的时候，用一根沉甸甸的缆绳把他们打了回去。故事到此结束。

我们发现，这个故事似乎与《判决》相似，同样涉及一个父亲与两个儿子之间的关系。军官是老司令官的忠实信徒，但他的命运似乎显示，老司令官并未选中他作为自己的接班人；而旅行者显然是一位学者、一位理性主义者，他对于刑罚的现象肯定持反对态度，然而，他却被军官的行为，最后是老司令官的墓碑所深深震慑了！他感到某种沉重的东西，它既是“历史的力量”（象征着某种古老的宗教），又承担着未来的希望（“老司令官——神”的复活）。在这种时候，旅行者甚至有可能成为老司令官的最后一名信徒，同时又意味着是迎向神的复活之新纪元的第一名使徒。但是，旅行者最终卸下了这副重担，坐船离开了流放地，并把目睹军官执刑的另外两个人留在流放地。“离开”意味着保持距离，超然的眼光终于又占了上风。但是矛盾却依然存在。军官的行为本身即是一个矛盾；与之相仿，探险家也陷入得救与放弃这二者的矛盾之间，离开意味着放弃，但如果不离开呢，它并不必然意味着得救，军官就是明证。老司令官（神）的意志要求人的绝对屈从。相反，任何出自人类意志的行为包括选择在内，同样构成罪。

我们也可以把该故事与《诉讼》中的寓言《在法的门前》联系起来。如果那位乡下人真的进入到法院，又会怎么样呢？《在流放

[168] 卡夫卡：《在流刑营》，《卡夫卡全集》第1卷，叶廷芳主编，洪天富译，第104页。

地》为我们提供了这种可能：其故事所讲的恰恰是，军官期望通过刑罚而与法律融为一体，然而，法律却把他抛弃了。这明显是一种反讽。反讽意味着同一个现象根据逻辑却引申出矛盾的结果，意味着某种东西的自相矛盾，或某个逻辑不能贯穿始终。在《在流放地》中，旅行者选择离开小岛，意味着小说中复杂的角度，那种旁观而又游移、既认同又拒绝的眼光，最终占据了上风。

最终的眼光是怀疑的眼光。

《致科学院的报告》与反讽

最后，我想谈一下这一时期的第三篇小说《致科学院的报告》。小说写于1917年，而《在流放地》则写于1914年；二者相加基本上可以与《诉讼》的写作时间（1914—1918）相呼应。该小说首先是一则寓言，但同时更是一个富于喜剧色彩的滑稽故事。它与《变形记》有关。

故事的主角是一只猴子。有一天，他在科学院作一个报告，讲自己如何从一只猴子变成了人。他出生在非洲的黄金海岸；有一天，一个德国探险队跑到那儿打猎，打中了两只猴子，他就是其中之一。他中了两枪，一枪在颜面上，一枪在大腿上。等到伤口愈合之后，他就落了个“红彼得”的绰号（“彼得”曾经是马戏团里一只非常优秀的猴子）。他被抓上船运到欧洲。路上它很痛苦，被关

反讽意味着同一个现象根据逻辑却引申出矛盾的结果，意味着某种东西的自相矛盾，或某个逻辑不能贯穿始终。

在一个笼子里，其中一面是箱子，另外三面是铁栅栏。开始他羞于见人，老蜷缩在箱子那一面，以致于笼子上的铁条都嵌入到他的肉中。那只笼子是如此地狭窄难受，这让他有一天突然顿悟。显然，回到森林是不可能的，他想；其他各种可能性也不行。例如，尽管他的牙很厉害，能把锁咬开，但出笼以后又能怎样？还不是被人抓回去。要不就跳海，那可能在海上漂泊一阵子，但终究免不了淹死的命运。再就是逃到对面那个笼子里去，可那里面有条大蟒蛇，也是死路一条。那怎么办？他想明白了，就是必须变成人，这是唯一的出路。从猴子到人的过程并不艰难，只要学会人的种种恶习即可。他首先学会的是像人那样吐唾沫；然后是向水手学习如何抽烟、喝酒；最后终于学会说人话了。到了欧洲之后，他面临两条出路：一条是进马戏团，一条是进动物园。他不愿进动物园，因为这终究还是跟动物关在一起；他选择了进马戏团。他的表演非常成功，为他赢得了大名；他甚至于还有了自己的经纪人：当他一按门铃，经纪人就会进来听候吩咐。这则讲述猴子如何成功地变成人——从他的真我转变成假我——的故事，令人想起卡夫卡的早期作品《变形记》。从形式上说，这是一则“反变形记”，因为《变形记》讲述人（躯壳）变成甲虫（真我）的遭遇，以甲虫（真我）的毁灭而告终。而在这里，真我（猴）为了摆脱被囚禁的命运，迫不得已只好让自己

从形式上说，这是一则“反变形记”，因为《变形记》讲述人（躯壳）变成甲虫（真我）的遭遇，以甲虫（真我）的毁灭而告终。而在这里，真我（猴）为了摆脱被囚禁的命运，迫不得已只好让自己口吐人言、穿上人装，成为假我（人）。

口吐人言、穿上人装，成为假我（人）。

这篇写于1917年的小说恢复了第一人称的使用。但是这个“我”迥然不同于早期作品中那种抒情诗人的自我，而是一个完全跳出三界的自我：他最经常做的事是拿自己开涮，也拿其他人开涮。事实上，《致科学院的报告》最鲜明的特色是反讽和自嘲。比如，猴子有挠脚后跟的习惯；但他却把这一习惯泛化为所有走兽的习惯，说上至伟大的阿基里斯，下至小小的黑猩猩，概莫能外。在这里，猴子通过把古希腊的传奇英雄阿基里斯与自己相提并论，通过把神圣的人性还原为普通的兽性，从而讽刺了人类。另外一个例子，当新闻界报道说这只猴子不改猴性，经常愿意脱裤子，把大腿上的伤疤露出来给人看时，他就反唇相讥道，对我来说脱裤子是为了显示真理——他在此借用了一个西方典故：“真理是赤裸裸的”——我是想让别人看看，在我身上究竟发生了些什么。然而那些写文章的作者却不敢，他们认为这是我的猴性，恰好证明这些人是虚伪的：他们不敢显示自己身上的真理。他用这种方式来开涮人类。他在报告中还讲到，有一次他在马戏团里面看到空中飞人的表演，然而他评论道：“这是对神圣的自然的莫大的讽刺！要是猴子们看到这些表演，游乐场上的整个建筑不被它们笑塌才怪呢。”[169]在神圣庄严的科学殿堂——科学院——猴子把人类当作了戏弄的对象。

那么，这个故事说明了什么？很多人从象征的角度立说，例如，认为故事叙述了犹太民族的现代命运，即犹太人一定要归化为

[169] 卡夫卡：《一份为某科学院写的报告》，《卡夫卡全集》第1卷，叶廷芳主编，洪天富译，第203页。

基督教徒，才是唯一的出路[170]。但我们必须铭记，把任何阐释奉为唯一圭臬的做法，具有极大的风险。因为，这部小说最大的特色在于反讽，在于它缺乏统一的模式，可以用来概括所有的价值。即使猴子变成了人，但也不是一劳永逸的。因为危险其实近在咫尺。卡夫卡写道，每天回到家的时候，家里总是有一只半驯化的小母猩猩陪伴着那只变成了人的猴子（人猿）；人猿每天晚上都能得到很大的快乐，但一到白天，他就难以忍受母猩猩眼中，那种未驯化动物的疯狂眼光。最大的反讽是，他不能白天与母猩猩在一起（过上正常人的生活），因为母猩猩的眼光在在提示他的过去，提示他的本来面目。人猿仍然没能找到一种安身立命的方式；他仍然要在真我和假我、在囚禁和出路之间作一次抉择，或在之间疲于奔命、流连忘返。抉择不再具有唯一的正确性，而是同时水平地呈现出来。这是卡夫卡中期作品的一个最明显的特征。

换句话说，《致科学院的报告》其实具有与《诉讼》、《在流放地》相同的叙事角度。在这里，我们极大限度地面临了卡夫卡思维的复杂性。

下一章，我们将从另外一个角度出发，讨论作为卡夫卡文本之

人猿仍然没能找到一种安身立命的方式；他仍然要在真我和假我、在囚禁和出路之间作一次抉择，或在之间疲于奔命、流连忘返。抉择不再具有唯一的正确性，而是同时水平地呈现出来。这是卡夫卡中期作品的一个最明显的特征。

[170] 参见威廉·C. 鲁宾斯坦：《为某科学院写的报告》(1952)，载叶廷芳编：《论卡夫卡》，中国社会科学出版社，1988年，第223—229页。

微观形式的寓言和格言。我们认为，只有致力于澄清卡夫卡思维的复杂性这一问题，才可以真正确定卡夫卡在世界文学史和思想史上所占据的独特地位。

第六章
Chapter 6

寓言和格言的三种值

1917—1918 年之交的卡夫卡，在创作上正处在一个特殊的“理智之年”。其标志是：在他的笔记本上出现了大量的格言、警句和寓言，它们大多短小精悍，却是极其锐利和隽永的思维结晶体。其中的一百多条格言被卡夫卡自己标号誊写在另册上（后被马克斯·勃洛德加上了“对罪愆、苦难、希望和真正的道路的观察”的标题），与此同时，更多的同类格言被保留在笔记和日记之中，尤其是在八本八开本笔记中。另一方面，寓言不仅仅是卡夫卡最擅长的文体之一，更是他大部分作品的表现形态（它们大多类似于寓言，或包含着一个中心寓言，如《诉讼》和《城堡》）。作为卡夫卡叙事文体的微观形式，这些格言和寓言充分体现了卡夫卡极富个性的哲学家的素质（卡夫卡的大学抱负曾经是哲学，长期迷恋过丹麦哲学家克尔恺郭尔和犹太神秘哲学），更为我们提供了了解卡夫卡中晚期叙事文体创作之秘密的极好的思想背景。

什么是寓言和格言?

首先，什么是寓言？

西文大约用三种不同的方式来表述中文中的“寓言”一词。最常用的是“fable”，其准确含义是“动物寓言”，意为借用动物故事来表述人事道理，古希腊的《伊索寓言》和法国的《拉封丹寓言》即是世界文学史上著名的动物寓言。西文中还常用“parable”一词指“寓言”，但“parable”与“fable”不同，在于它以人物为故事的主人公，也就是说，“parable”往往是“借他人之酒杯，浇自己之块垒”，用别人的故事来传达道德和宗教的教训。在西方文学史上，《新约全书》中耶稣的布道故事可谓最古老的“parable”原型，其中《十个童女》、《葡萄园的工人》等故事，同样是世界文学史上脍炙人口的寓言。

“allegory”则是西文中表述“寓言”的第三种方式，该词在中文中经常被译成“讽喻”，有时也被译成“寓意”。与前二者不同的是，“allegory”通常不是独立的故事，而主要是一种修辞手法，广泛应用于文学和艺术领域。例如，希腊罗马神话用一个长着翅膀、手持弓箭的小胖男孩代表爱神，用十二个手持不同器物的女人形象（十二缪斯）来代表十二种不同的文艺类型，就是应用“allegory”手法的著名案例。法国画家德拉克洛瓦的名画《自由领导人民》(1830)，则是更为晚近的例子。画面中间是一位手持三色旗的半裸体女神，在她周围簇拥着一群手持武器者。半裸体女神代表着自由；女神身旁有一个小孩和一个绅士，小孩穿着平民的衣服，绅士头戴一顶礼帽（据说是德拉克洛瓦自己），绅士和小孩代表社会的不同阶层也即人民；人民在自由女神的领导下揭竿而起，反抗专制暴政。这幅画就是一则寓言或者寓意，而寓言或者寓意的实质，即在于借用形象或者图像来代表抽象的含意和观念。

在中文中，“寓言”一词最早源自庄子——中国文学史上最伟大的寓言大师。他在《庄子·寓言》篇中自称其书“寓言十九”（意为其文寓言占据十分之九)。"寓言"即寄托寓意之辞，暗示着此文本（文辞）与他文本（寓意）之间的人工联系，文辞变成了传达意义的工具。

综上所言，尽管中西文中有不同的表述，适用对象也有所差异，但顾名思义，所有的"寓言"都不外乎"寓意于言"，其实质与作为修辞手法的"allegory"，具有高度的同一性。德国文学史家赫勒（Erich Heller）在比较"象征"与"寓意"时，曾作过一个很好的表述："象征即它所代表者，寓意（allegory）代表着它自身所不是者。寓意涉及的语汇是抽象的，而象征则指涉特殊和具体的东西。"[171] 在象征中，表象与内容之间存在着和谐统一的关系，故葵花向阳的自然现象可以用来"象征"人民与领袖之间的特殊关系。然而，龙在西方文化中代表着"邪恶"，在中国文化中则代表着"神圣"，这说明龙的"寓意"与其自然属性毫不相关；恰恰相反，正是文化赋予了相同的自然形式以截然不同的文化属性。寓言或寓意作为一种修辞形式，十分频繁地出现在古代和中世纪的文学和艺术中，但随着近代现实主义艺术的兴起，这种以形象和图像抽象地传达意义的修辞手法逐渐式微而趋于遗忘；到了20世纪，人们一般都认为，寓言是一种比较低级的修辞手法，因为它用故事讲道理，故事和人物本身不自足。

现在再讨论一下什么是格言。

在西文中，相当于"格言"的"maxim"（英文）或"maxime"（法文）一词具有鲜明的认识论倾向，它来源于拉丁文"maximus"，

---

[171] Erich Heller, *Franz Kafka*, New York: Viking,1974, pp.107-108.

意为“最大”，即运用简短的语言来表达“普遍的真理”[172]。另外两个与“格言”相关的词“proverb”和“aphorisme”，都是从“maxime”的意思中延伸出来的（分别意为“众所皆知的maxime”和“用词很少的maxime”）[173]。从词源来看，它一开始就设定了一种绝对的、全知全能的视角。

在中文中，“格言”的意思是作为“法式和标准”的语言[174]，更多地具有伦理学的特征；“格”可以让人联想到“格子”、“格律”，指规范自己行为的尺度和准则。古代的“格言”，无论是官府衙门上高悬的牌匾（如“明镜高悬”、“天下为公”），还是文人书房中的横幅（如“宁静致远”、“天地入怀”），都带有自我约束或自我标榜的伦理况味。

总之，无论中西，格言都是一种表达真理的话语。传统格言代表着一种全知全能的眼光和不折不扣的普遍真理；其表现形式也往往与其真理内容相适应，具有铿锵有力、直截了当的性质。

然而，到了卡夫卡那里，寓言和格言都发生了重大的变革。

首先，在文学的领域，卡夫卡对寓言不是偶尔一试，而是把它当作最重要的文学创作方式和艺术手段来表达思想和情感，从而带动了寓言文体在现代的复兴。卡夫卡的寓言具有鲜明的特色，在他那儿，寓言不再只有单一的含意，而是变成了极端复杂的、具有多义性的结晶体：尽管看上去仍极为单纯，却有丰富的层面，令人

[172] 参见《朗文当代高级英语辞典》，商务印书馆，第938页。

[173] L.Lebrun et J.Toisoul, *Dictionnaire Étymologique de la Langue Française*, Librairie Fernand Nathan, 1937, p.34, p.876。

[174] 参见《汉语大字典》，湖北和四川辞书出版社，第506页。

难以索解。在卡夫卡看来，寓言之所以成为寓言，“实在仅仅是说，不可理解的即是不可理解的”[175]。他还说：

> 只要你追随寓言，你自身就将成为寓言。[176]

卡夫卡仿佛在说，不可理解的东西尽管是不可理解的，但我们却可以成为它，即使我们自己成为不可理解的。这种方式使得卡夫卡的寓言与其人格一样充满了魅力。

卡夫卡的格言也一样，其最大的特色在于它具有不止一个值。此外，还需要把握一点：卡夫卡的格言与其寓言具有内在的相关性。卡夫卡的格言尽管很短，有时候就几十个字，但它经常不是干巴巴地说道理，而是在讲一个故事；其中往往有人称，甚至还有主角。总之，它带有寓言的性质，与寓言不可贸然分离。正因为如此，在下文中，我们将把这两种形式放在一起来讨论。

对立与反题

所谓“值”或“真值”本身是一个逻辑学术语，指某个命题在

卡夫卡仿佛在说，不可理解的东西尽管是不可理解的，但我们却可以成为它，即使我们自己成为不可理解的。

[175] Franz Kafka, *Parables and Paradoxes*, p.11.

[176] Franz Kafka, *Parables and Paradoxes*, p.11.

何种程度上是真的。在经典逻辑中，某个命题只存在真或假两种真值。但在现代多值逻辑（如模糊逻辑和相关逻辑）中，则可以存在着超出两种真值之外的其他真值[177]。寓言和格言作为某种真理话语，必然涉及真理问题，本文将在较为宽泛的意义上使用“值”或“真值”的术语，意指卡夫卡寓言和格言对于真理问题所提供的答案。需要指出，卡夫卡就这一问题所提供的回答并非唯一的，而是有着多重的可能性。

卡夫卡的寓言和格言的第一种值。与经典逻辑所提供的真值高度一致，这种值把真与假两种可能性同时并呈给读者，让明眼的读者根据对比，一下子就能把握作者所提供的真理。其中，真与假的关系被表现为正题与反题的对立关系。只是在卡夫卡那里，真理不是在通常所认为的正题，而是在反题那里。以某种逆反的方式，卡夫卡把读者从平常的思路引开，带入一个意想不同的领域。比方说，在格言和寓言特别密集地产生的1917年的文字中，我们可以看到这样一则格言：

> 有人感到惊讶，他在永恒之路上走得何其轻松，其实他是在往下飞奔。[178]

这是一个典型的反题：故事中的这个人在永恒之路上走得那么轻松，我们简直都能想象出这个人脸上洋洋得意的表情——但是且慢，卡夫卡打住我们，然后告诉我们，他其实是在往下飞跑！这句

[177] “Truth value”, from http:www.Wikipedia, the free encyclopedia, http://en.wikipedia.org/wiki/Truth_value.

[178] 卡夫卡：《卡夫卡随笔集》，第8页。

话的意境来自于古希腊哲学家赫拉克利特（约前530—前470）的如下格言：

上行路也是下行路。

这句话的意思很明显：当一个人爬坡之后往回走，上坡路自然就变成了下坡路，而上下坡路是同一条路。赫拉克利特的原意是说，当一个民族或国家发展到极致后，可能就要走下坡路了。这句话的哲理在于，它用相同的形式表述了一个相反的意思。显然，卡夫卡的格言的意思从前者而来，但卡夫卡的表述更为简洁和直观：这个人以为自己在上天堂，其实是在快速地往地狱飞奔。在这里，“永恒”——可以把它理解为“天堂”——与“地狱”是一对概念，而在读者的心目中，从“天堂”向“地狱”的逆转，是借助于犹如电影镜头般近景向大全景的推移而出现的。卡夫卡用一个“其实”，戏剧性地突破表象，向真相还原。这就是卡夫卡寓言和格言中的第一种值或者第一种答案，其标准答案恰好与表象相反。通过这种方式，卡夫卡把人们习以为常的话语作了彻底的颠覆，这成为他在这一时期的典型句式之一。例如：

在你与世界的斗争中，你要协助世界。[179]

我们想当然会认为，当自我与世界冲突时，自我理应去抵抗世界乃至征服世界，然而，卡夫卡的立场与之恰恰相反：他要我们去

[179] 卡夫卡：《卡夫卡随笔集》，第11页。

帮助世界来摧毁自我。这是完全逆反的思路。再看另外一句相关的格言：

> 一个抛弃世界的人应该爱世人，因为他把他们的世界也抛弃了。[180]

在这里，卡夫卡同样坚定地站在反题的立场上，得出与正题相反的结论。

另外，比如说在艺术圈子里，人们特别容易崇拜殉道者，特别愿意把艺术家（包括卡夫卡）塑造成为艺术的殉道者——针对这种酷爱殉道者的倾向，卡夫卡写了如下格言：

> 殉道者其实并不低估肉体，他们让肉体在十字架高升，在这一点上他们与他们的敌人是一致的。[181]

殉道者的敌人要迫害殉道者，所以他们把殉道者钉上十字架示众，以此来羞辱他、惩罚他。但卡夫卡说，其实殉道者的内心与他的敌人是一致的，他并不低估肉体，而是相反，是要通过殉道把肉体高抬起来，使其变成一个光辉灿烂的形象，使得大家都来崇拜。我们看到，在卡夫卡那里，一个正的方向，是如何走着走着，就走到它的反面去了。根据卡夫卡的逻辑，还可以补充另外一点：既然崇拜与迫害都聚焦于高悬在十字架的肉体上，那么，殉道者的崇拜

[180] 卡夫卡：《卡夫卡随笔集》，第 13 页。
[181] 卡夫卡：《卡夫卡随笔集》，第 7 页。

者与迫害者，其身份其实也是重合的；换言之，崇拜者对殉道者的崇拜，恰恰以对他的迫害为前提。

然而需要指出，在卡夫卡看来，仅仅是来自反题的思维、对立的思维，并不是一种值得提倡的思维，也不是一种好的思维。他在早年的日记中曾经说过：

> 我肯定讨厌反命题。反命题虽然来得突然，但并不令人惊异，因为它存在于非常近的地方。[182]

尽管这是卡夫卡早年的一段话，但更适用于中期以后的他。反题其实是很有逻辑的，因为有正就会有反；正和反是对立的，这是可以推论出来的。反题是产生意义的一种方式，但不是唯一的方式，更不是最好的方式。在卡夫卡眼里，反题虽易于促生戏剧性效果，但并不足以令人震惊，因为它仅仅是正题的另一面；它在与正题判然相悖的同时，其实与正题近在咫尺。就此而言，一切反题都不曾处在思想和思维的前沿。

为了便于在下文中更好地阐述卡夫卡在这个问题上的独特贡

换言之，崇拜者对殉道者的崇拜，恰恰以对他的迫害为前提。

就此而言，一切反题都不曾处在思想和思维的前沿。

[182] 卡夫卡：1911 年 11 月 20 日日记，载《卡夫卡全集》第 6 卷，河北教育出版社，1996 年，第 134 页。

献，我愿意在此做一个短暂的停顿，利用这个机会讨论一下中国前卫艺术的某个例子。我本人曾经在一篇文章中，分析了一位著名的前卫艺术家的作品，以及作品之所以失败的原因[183]。这位中央美院的毕业生，他的装置艺术作品向来以惊世骇俗的大胆实验而著称，甚至不惜以尸体作为作品的材料。比如他的一件作品把死人的大脑弄出来做成罐头，写上标签放在超市里卖；他还为作品起了一个与德国哲学家费希特的哲学名著相同的标题：《一切知识学的基础》，寓意人类所有的知识全都在大脑里头。他还把死人的一只手剁了下来，用一个钩子吊在空中。这些作品引起了很多批评家各色歧异的阐释。但无论如何，其中心意思我们还是很容易分辨的，基本上是一个很有逻辑的问题，即试图探讨人类行为的边界（这还导致了他以后在另外一件作品中去尝试吃人）。

但是，在做了很多这类艺术作品之后，有一天他突然觉得心里面特别不安；他对那些被他弄来弄去、任由他宰割的尸体产生了一种负疚感，然后就想做一件新的艺术作品，以求能对尸体有所补偿。但是，鉴于他并不能够像上帝那样让尸体死而复活，他的补救行为也只好表现得差强人意，即以自己身上的一块肉来补偿尸体。他想在现场请一位大夫做一个外科手术，取下他身上的一块肉皮，再由他自己把肉皮缝到尸体的一个伤口上。但在做的过程中，他开始对自己产生了怀疑：“这种关系是不是太逻辑了，它里面是否有某种表演式的殉道主义精神，有舍身饲虎、割肉喂鹰（“喂鹰”为“贸鸽”之误——笔者）的文化背景？”艺术家的自白中蕴含着异乎寻常的心理内容。

---

[183] 李军（笔名“流马”）：《前卫艺术的肉身何为？》，载《视觉21》杂志，2001年第4期。

我们知道，敦煌石窟第254窟中的北魏壁画描述了两个著名的佛经故事。其中之一说，佛的前生是一位慈悲的王子，他看到山里的老虎饿得没东西吃，就想牺牲自己去喂虎；但老虎饿得连吃的力气都没有了。王子跑到悬崖上跳下来，掉到老虎面前，血流了出来，老虎舔食了血之后才有力气去吃他。这个故事叫《舍身饲虎》。另一个故事叫《割肉贸鸽》，说有一天，释迦牟尼的前生尸毗王看到一只老鹰在追逐一只鸽子，他想救鸽子，但老鹰说，不吃鸽子自己也会饿死。尸毗王要求从他身上割一块肉以代替鸽子。但是尸毗王身上的肉快割完了仍不及鸽重，最后尸毗王奋起全力跳在秤上，才取得了平衡。两个故事的内容都是牺牲自己以成全他人，非常感人。这个艺术家发现，当割肉于尸的行为被纳入上述宗教和道德文化背景之后，就变得非常不自然。他后来临时决定不用死人了，而是到市场上买了半扇猪，然后他把自己的肉缝到猪身上去，完成了作品。

这件作品曾经受到美国芝加哥大学的华裔艺术史家巫鸿的特别关注，被他认为是一件真正的实验艺术作品[184]。在巫鸿看来，因为作者在做作品的过程之中，并没有强行按照自己的初始意图去做，而是根据情况及时作了调整，所以符合实验艺术作品的要求。

我也认为这件作品很值得分析。但我的看法与巫鸿恰恰相反，我认为这是一件失败的艺术作品。这件作品的意义在于，它以其失败而非成功，非常典型地象征了中国当代前卫艺术所面临的困境。本来，这件作品起因于一种感觉，一种要补偿尸体的感觉；这

---

[184] 巫鸿：《朱昱的“植皮”及其文本》，参见 http://review.artintern.net/html.php?id=1046。

种感觉起源于人和自然之间的一种平衡感——当你做一件伤天害理的事的时候，你会受到良心的谴责——这根本不是理性的东西。这种感觉使该作品区别于作者以前包括《一切知识学的基础》在内的全部作品——它们全部起因于逻辑。是感觉而不是逻辑，我认为是一切前卫艺术的开端，是感觉使得艺术家处在无人涉足的真正的前沿。

但是作者却认为，跟着这种感觉走下去，显得太逻辑了，这是为什么？我想指出，这是因为，当艺术家被引向“舍身饲虎”的传统时，他必然会意识到，若与前人不惜身命的行径相提并论，自己在打了麻药之后的所谓割肉于尸的“作品”，岂不显得太小儿科、太无力，也太做作了吗？他的想法至今仍然是很功利的：他本来想获得某种道德优越感；但当他意识到自己作品的力度根本无法与真正的道德行为相比之后，他就感到害怕了。因为害怕暴露自己内心的虚弱，他通过把皮缝在一头死猪身上，把整个作品的逻辑彻底逆转了过来。这么做再次证明了艺术家的优越感，使得本来是强者对于弱者的一种负罪，再次变成了艺术家自我的一次证明：仿佛只有艺术家才有资格那样地挥霍自己富有的生命。可以肯定地认为，这件作品失败了，而巫鸿的解释是不准确的。我想通过这件作品说明，如果作品开始就是从逻辑中推论出来的话，它是没有力度的；它仅仅是一种反题。

卡夫卡真正的代表作，能够代表他思维的真正品质的东西，其实并不是这一类反题。卡夫卡在《诉讼》(1914—1918) 和《中国长城建造时》(1917) 中深刻地思考过反题的问题。《诉讼》中的寓言《在法的门前》讲述，一个乡下人要进到门里去找法，法律的守门人不让他进去；乡下人和守门人就构成了一对矛盾、一种反题，构成了冲突的两端。我们会发现，一般学者对于卡夫卡的解释都执著于这两端。比如乡下人代表着什么，法代表着什么；乡下人为什么要去找法，法为什么要拒绝他。有学者认为，法代表着一种超绝的价值，而乡下人现在还不配进来；另一种看法是，乡下人还有一条正确的路可走，就是根本不用管守门人，径直闯进门去。很多人的思路仍然停留在对立和反题的思维里。但是，如果我们看一下同一时期创作的《中国长城建造时》，就可以发现，反题的思维对于理解卡夫卡是非常不合时宜的。小说里面也有一个寓言，讲中国的皇帝有一天想起要给他远方的一个臣民送一封信。这个故事可以看作是《在法的门前》的一个反题：之前是乡下人要找法，现在是法要找乡下人（如果皇帝代表法的话，臣民就代表乡下人）。他写到，这个信使穿过一道又一道门，碰到一群又一群人；他走了一辈子，还没有走出皇宫的大门。卡夫卡想告诉我们什么？对于卡夫卡来说，不管是你去找法还是法去找你，这两件事同样困难重重，所以你不要以为你闯进去就能找到法。我们可以看到，对立的双方是同一种思维模式；它们都有同一个想法，就是自己是对的。但卡夫卡对此表示了深刻的怀疑。

在中期作品中，出现了一种与上述对立的逻辑有所不同的倾向。对立的逻辑的值是“二”，它有两个答案；两个答案互不相让，但只有一个是正确的。表面上看是“二”值的逻辑，但其实是“一”值逻辑。然而，卡夫卡中期作品的思维形式中真的出现了两个答案。我们借助于1917年的格言可以看得更清楚：

> 观念的不同从一个苹果就可以看出来。小男孩的观念是：他不得不伸长脖子，才能刚好看到放在桌子上的

苹果；而家长的观念呢，他拿起苹果，随心所欲地递给同桌者。[185]

这里真的出现了两个答案——小孩的和家长的——二者是平行的。稍晚些时候（1920），卡夫卡在一系列冠名为《他》的格言中，频频谈到分裂为两个形象的“他”：

他这时只有感到口渴，一丛灌木把他和泉水隔开。他一分为二，一个他纵览一切，看到他立于此地，而泉水就在一边；第二个他一无所知，顶多隐隐约约地感觉到，第一个他看到了一切。由于他一无所知，他也就喝不到水。[186]

这两个形象是平行的。我们可以看到，在1917年到1918年间的卡夫卡那里，这种有两个答案和两个值的思考方式大量地出现。小说《杂种》成为卡夫卡自我的一个真实写照：

我有一只奇特的动物，一半像小猫，一半像羊羔。它是我父亲遗留下来的财产……也许屠夫的屠刀对于这只动物将是一种解救。但是我决不会让它落到这个下场，因为它毕竟是一种传家宝呀。[187]

国外有学者认为，“杂种”动物指的是卡夫卡父系和母系对他

[185] 卡夫卡：《卡夫卡随笔集》，第3页。
[186] 卡夫卡：《卡夫卡随笔集》，第96页。
[187] 卡夫卡：《卡夫卡全集》第1卷，河北教育出版社，1996年，第397页。

的不同的遗传。卡夫卡的父亲是从社会底层摸爬滚打出来的，全凭自己的奋斗从打工仔一直做到老板，所以也学会了统治者惯有的那种颐指气使的态度，这导致卡夫卡与父亲的冲突特别厉害。而他母亲则属于一种非常温顺的羊羔家族，她的家族里面一直有那种很另类、很奇怪的人，比较像卡夫卡自己。这有一定道理，但不是唯一的解释。我认为，在 1917 年出现的这种叙事遵循的并不是现实世界的逻辑，而是某种思维的逻辑。这意味着他在思维上已经认识到，两种对立的东西是可以并存在一起的，就像“杂种”把对立的东西都当成是自己的遗传。所以他才会写到，尽管屠夫的屠刀对于该动物也许“是一种解救”，但这种欲把猫还回猫、羊还回羊的理性方式，对于卡夫卡的思维世界仍然是不合适的。卡夫卡所乐于创造的不是我们现实世界中黑白分明的对立物，而是暧昧的具有多义性的东西：它既是猫又是羊，就像他中期小说里的两个叙事角度一样。

但是，这种“二”值逻辑仍不是卡夫卡思维的全部。“二”值逻辑在作品中耐人寻味，但放在生活中，非牛非马、不三不四的状况会让当事人极为痛苦。为了能够活下去，他必须解决这个问题。在下面的故事中，卡夫卡表达了一种新的想法：

> 认识开始产生的第一个标志是死的愿望，这种生活看来是不可忍受的，而另一种又不可企及。人们不再为想死而感到羞愧；人们憎恶旧的牢房，请求转入一个新的牢房，在那里人们将学会憎恨这个新的牢房。这种想法包含着一点残余的信念：押送途中，主人会偶尔穿过走道进来，看看这个囚徒，然后说，“这个人你们不要再关下去

了，让他到我这来吧。”[188]

这则寓言写于1917年10月《诉讼》的写作期间，卡夫卡在这里再次讨论了自杀和死亡的问题。生活如同牢役，令人难以忍受，人们想一死了之；然而，也许死亡也并不是最终的解脱，而是转入一间新的牢房。生是牢房，死是牢房，它们对于一个真正想生活的人来说，都是无法忍受的。那么，人类的希望何在？

这时我们发现，第三者突然出现了。“主人”是个什么观念？他意味着什么？国外的很多学者习惯于从宗教的角度寻找答案，认为“主人”代表了上帝或者耶稣：在旧的牢房通向新的牢房的途中，“主人”说，“让他到我这来吧”，这意味着超越了旧牢房与新牢房的第三个地方。然而，这第三个地方是什么，又在哪里？卡大卡写到这里就戛然而止了。

我们有充分的理由相信，卡夫卡笔下的这第三个地方其实就在他的文本里面；在试图超越首先是对立、其次是并列的逻辑的过程中，这第三个地方逐渐自我呈现、自我生成。

逃离与超越对立

我们需要进入思维精深的领域，以便于处理真正有价值的前沿问题。

我们首先要问：在一个符号体系中，意义产生的基本规律是怎样的？可以借用立陶宛符号学家格雷马斯（Algirdas Julien

[188] 卡夫卡：《卡夫卡随笔集》，第4页。

Greimas，1917—1992）关于“符号指示的基本结构”的理论加以说明。[189]格雷马斯认为，人们对意义的理解建立在他所谓的基本“语义素”之间发生的关系上。这些基本“语义素”在最低层次上包括四种要素，呈现为以下图式：

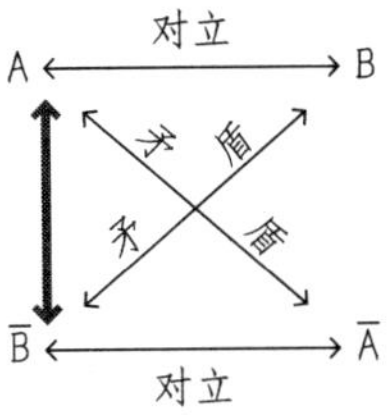

该图式表示，某个对象（例如 A）的意义构成，应该从与它构成对立关系的项（B）和与它构成矛盾关系的项（Ā，即非 A）出发来求取。如果 A 是正题，那么 B 即反题；然而，仅仅依靠与正题构成二元对立的反题，并不足以充分规定正题的意义。因为在逻辑的意义上，反题仅仅是正题的逻辑对应物；二者的关系犹如意义坐标系中的横轴，它只占据了线的空间，并不足以表述横轴之外的整个坐标系的面空间。换句话说，除 B 之外，对 A 的意义的规定更需要通过所有的Ā（非 A）来界定。假设 A 是白色，B 即为黑色。然而，仅有黑白二色的世界是极其单调的，因为它排除了所有非白色，尤其是其中丰富多彩的彩色的存在。只有在与每一种非白色充分地发生差异关系之后，白色的意义才有可能具体地显现。而在所有的非白色（Ā）中，那与白色的对立色黑色发生矛盾关系的非黑色（B̄），在确定白色的意义过程中，占据了十分重要的逻辑位置，

[189] A. J. Greimas, *On Meaning*, Minnesota University Press, 1987, p.16.

但却最经常地遭到人们的忽视。

在上述图式中，白色和非黑色的关系也即 A 和 $\bar{B}$ 的关系（这种关系为我们自己的发现）。我们发现，我们所在的世界中事物之间的大部分联系，都没有呈现为 A 与 $\bar{A}$、A 与 B 那样的或矛盾或对立的关系，而是具有类似于 A 与 $\bar{B}$ 那样的关系。正是 A 与 $\bar{B}$ 的关系，构成了这个世界的丰富多彩。在这样的领域中，我们不仅发现了黑白之间的灰这种中间地带，更见证了在黑白之外整个彩色系的存在。A 与 $\bar{B}$ 形成了类似于白色与橙色或其他彩色那样的关系，它们看上去似乎不存在任何直接的逻辑关系，但同样是符合逻辑的。

在对上述意义模式有所了解之后，我们再来分析卡夫卡的寓言和格言中出现的新倾向，就会有异乎寻常的发现——卡夫卡的寓言与格言的鲜明特色，最经常地表现为对于符号学中 A 与 $\bar{B}$ 之逻辑关系的探索、尝试和实验。以下是他写于 1917 年的另一则格言：

> 这个地方我从来没有来过：呼吸与以前不同了，太阳旁闪耀着一颗星星，比太阳更加夺目。[190]

首先，如果把“我”来过的“地方”称作 A，那么，“这个地方”一定不是与 A 对立的 B；这是因为，如果它是 B 的话，那么

卡夫卡的寓言与格言的鲜明特色，最经常地表现为对于符号学中 A 与 $\bar{B}$ 之逻辑关系的探索、尝试和实验。

[190] 卡夫卡：《卡夫卡随笔集》，第 4 页。

这个地方一定也是我来过的。我们一般的思维方式表现为，假如我们熟悉的这个世界里太阳是主宰，那么在与这个世界对立的另一世界中，其主宰就应该是月亮——月亮和太阳一般构成对立关系。然而我们发现，卡夫卡的思维完全不是这样。“这个地方我从来没有来过”，但这并非一个与我来过的世界截然悖反的世界，而是一个既熟悉又陌生的地方。熟悉的世界里太阳高高悬挂在天上；从对立的角度来考虑，这个世界应该是月亮高高在上，没有太阳，但月亮比太阳更明亮。可是卡夫卡说，这个世界是有太阳的，所以它并非与我们的世界完全不一样；然而，奇异的是，太阳旁边还有一颗星星，它比太阳更明亮。

这个世界即我们所说的$\bar{B}$：它否定了对立面，却保留了差异。这个世界有我们熟悉的部分，但又是非常陌生的。它不是根据逻辑很容易想象到的，譬如文学和艺术中的超现实主义。

这让我想起关于超现实主义的代表画家达利的一个故事。达利认为自己的画作典型地表达了当时的精神分析学说所探讨的无意识和梦幻的世界。在他的绘画中，一个巨人的身体在空中被撕裂了，马长着蚊子般的细腿，钟表挂在树上。达利把他的画拿给精神分析学的宗师弗洛伊德看，没想到，弗洛伊德看了之后居然说，“我在画里看到的全部都是逻辑”。

然而，卡夫卡的世界却不是这样的：这个世界里有“我”熟悉的太阳，但太阳旁边还有一颗星星，它比太阳更明亮。这才是一个真正超现实的世界，因为这个世界不是按照逻辑，而是由一种真正的奇异感创造出来的；它并不致力于取消这个世界，而是努力以独特的方式去转化和超越它。这种关系的逻辑形式，即A和$\bar{B}$的关系。卡夫卡说：“对立的东西彼此离得太近”，确乎如此。而卡夫卡所欲达成的目的，即在于超越对立，以逃向一个无人涉足的隐秘之地。

具体而言，卡夫卡在寓言和格言中，采取了几种修辞方式来达成目标。

第一种方式我们称作“偏离”，即有意地游移而不是直奔一个标准答案去，或者走一条偏离正道的路。例如1917年所写的系列格言《他》中的一则：

> 他也许会满足于一所监狱。作为一个囚徒终其一生，这满可以成为一个生活目标。但这却是个铁笼子。这世界的噪音大大咧咧地、专横粗暴地在铁栅栏间穿进穿出，就像在自己的家里一样——

我们首先被告知，这是个监狱；但这个监狱有一道铁栅栏，因为外在世界的声音随时可以进入笼子里，说明监狱与世界的关系并不阻隔，这就偏离了原有监狱的概念；然后卡夫卡又说，“就像在自己家里一样”，这又偏得远了：原来这监狱与家庭是一回事。但至少监狱还有个铁笼子吧？然而他又说：

> ——其实这个囚徒是自由的，他可以参与一切，外面的任何事情都躲不过他。他甚至可以离开这个笼子，栅栏的铁条互相间间隔足有一米来宽，他甚至并没有被囚禁。[191]

[191] 卡夫卡：《卡夫卡随笔集》，第90页。

我们可以看到，卡夫卡在这里究竟偏离到那儿去了——返回到对立面去了。这整个一系列的偏离，它的所有角度都是有意义的。从监狱开始经历世界到家，再到没有监禁——你感觉跟家里一样，可以自由地出入，然而它仍然是个监狱。这使我们想到《诉讼》中的主人公约瑟夫·K.，法庭对约瑟夫·K.说，你可以上班，可以做任何事情，但是你被逮捕了。在别处，他甚至还说过这样一句话：

> 他是地球上一个自由的、有保障的公民，因为他虽然被拴在一根链条上，但这根链条的长度只容他自由出入地球上的空间。[192]

你可以到达地球上的任何地方，但你仍然是个囚徒。我们可以看到，从 A 出发经过一系列的偏离，A 变成了 $\bar{A}$；然而，A 的意义并没有被简单地颠覆，而是保留到对立的 $\bar{A}$ 中去了：人既是自由的，又是囚徒；人是自由的囚徒。这是卡夫卡塑造意义的一种方式。

第二种方式我们可以叫“逻辑”。卡夫卡确实有很多命题是符合逻辑的，但那不是一种推理出来的逻辑，而是感觉的逻辑。你首先要对他的话回味一下、反省一下，然后你就会明白，原来是这么回事。例如：

> 理解这种幸福：你所站立地面之大小不超出你双足的覆盖面。[193]

---

[192] 卡夫卡：《卡夫卡随笔集》，第 14 页。
[193] 卡夫卡：《卡夫卡随笔集》，第 6 页。

这句话其实是逻辑上的同语反复，即 A 不是 $\bar{A}$。A 当然不是 $\bar{A}$，你站立的地面当然不超出你双脚的覆盖面！但卡夫卡说这是一种幸福，又该怎么理解？他要告诉你的，其实是你只占据这么大的地方就足够了；他要你理解这种幸福，而不是到处去占有别的。

还有一个例子，卡夫卡笔下的“他”的欲望，同样也代表着我们每个人都会有的一个方面：

> 他抗拒着同仁对他的定格。一个人即使是必不可少的，他在另一个人身上看到的也只能是他的视力和注视的方式所能及的那个部分。他也像所有人那样，但却是强烈地过分地拥有一种欲望：把自己限制成同仁看他的视力所及的那种样子——

卡夫卡首先说，“他”抗拒同仁对“他”的定格；不管别人怎么看“他”，“他”都不愿如此，因为这会导致自己被同仁限制。但是，“他”后来又说，自己强烈地期望把自己限制成同仁看见“他”的那种样子。接着卡夫卡又讲了一个故事——在这里，卡夫卡的格言和寓言在文体上也是相连的：

> ——假如鲁滨孙，无论是出于自慰还是出于自卑还是畏惧还是无知还是渴望，从来不曾离开过岛上的最高点或不如说最易被人看见之点，那么他也许很早就完蛋了——

要是鲁滨孙仅仅按照别人看见他的方式来让人看见，也就是说，他希望站在岛上最高的点上，不错过每一只过往的船以便于让别人看见，那么，他必然很快就完蛋了。然而：

——由于他不去考虑那些来往的船只及其蹩脚的望远镜，而是开始对他的岛屿做全面的探索，并开始喜欢它，他保住了他的生命，而且最终由于理智必然导致的逻辑性而被人找到了。[194]

鲁滨孙逻辑的合理性在于：先不考虑别人对他的看法，先不考虑得救，而是去开拓孤岛、建立自己的世界；结果他不仅使自己生存下来，而且按照逻辑反而得救了。

卡夫卡采取的第三种修辞手段，也是他大量使用的一种方式，就是“改写”。“改写”往往是针对某种著名的传统文本或典故而言，这其实也是一种偏离，但这种偏离满足于在原有叙事上产生新的意义，而且并不设定终点。关于普罗米修斯的故事是其中典型的一例：

关于普罗米修斯的传说可以分成四点来阐述：

第一，他为人类背叛了众神，被钉在高加索的一块巨崖上，众神派出恶鹰啄食他那每日能新生的肝脏。

第二，普罗米修斯在不断啄食的鹰嘴下剧痛难忍，日日陷入石崖，直至与它融为一体。

第三，岁月流逝，数千年后，他的叛逆行为被淡忘了，众神忘了，恶鹰忘了，他自己也忘了。

[194] 卡夫卡：《卡夫卡随笔集》，第 94 页。

第四，那已无凭无据的故事渐渐令人厌倦，众神厌倦了，恶鹰厌倦了，连伤口也因厌倦而愈合了。

留下的是那难以解释的山崖。这个传说试图对不可解释之事作出解释。由于它是从真实的根基上产生的，所以最终必定又以不可解释告终。[195]

卡夫卡为我们提供了关于普罗米修斯传说的四点解释。除了第一点之外，其他三点都出自卡夫卡对原故事的创造性改写。哪一种解释是正确的呢？我们在第二章中曾把卡夫卡叙事文体的主要特征称作“反思的文本”，通过以传统典故和故事为出发点，通过在叙述过程中不断地偏离原点，这种挟原有故事之力不断衍生新故事的方式，是卡夫卡叙事文体生成的重要动力因素之一。我们可以看到，卡夫卡在这里极为充分地演练和展示了多值逻辑的魅力。但这并不是说，这个世界上真的存在几种不同的真理——这个真理是文本的真理、文学的真理，这种真理就存在于文学文本中。当我们读到这些文本时，种种解释顿时化为我们思维中一条条通向自由的道路；这些解释同时还告诉我们，探寻真理的道路其实正延伸在我们自己

这个真理是文本的真理、文学的真理，这种真理就存在于文学文本中。当我们读到这些文本时，种种解释顿时化为我们思维中一条条通向自由的道路；这些解释同时还告诉我们，探寻真理的道路其实正延伸在我们自己的脚下。

[195] 卡夫卡：《卡夫卡随笔集》，第 85 页。

的脚下。

“推延”是卡夫卡的寓言和格言试图超越对立的最后一种修辞方式。卡夫卡笔下的主人公的做事方式往往具有这种特点。《诉讼》中的约瑟夫·K.老是因为小事而忘却真正要做的事。有一次叔叔帮他找到了辩护律师，他跑到律师家去，法院的办公室主任也在那里。这本来是一个很好的得到帮助的机会，但他却被律师家的女仆勾引了。他俩在地板上呆了好几个小时，结果帮忙的人全走了。读者会十分遗憾地觉得，约瑟夫·K.因为过失而错过了好机会。但事实上，又何尝不是约瑟夫·K.本人在逃避这件事呢——也许他根本就不想得到帮助。在小说中，卡夫卡借助于一位画家之口向约瑟夫·K.介绍，存在着三种可以使他不受惩罚的方式——其中之一即不断地推延。通过让诉讼不断地停留在最初的阶段，通过贿赂法官，通过不让初审的结果送到二审三审那儿去——通过一系列推延活动，就能够真的做到让审判变得遥遥无期。正如本雅明所说，《一千零一夜》里面的新娘山鲁佐德通过不断地讲故事，以推延的方式，最终征服了国王，使自己避免了被杀的命运。卡夫卡亦然。他一直想过一种精神生活，但又觉得这种生活谁也不能真正接受，于是对父亲和社会都怀有罪恶感，内心冲突使卡夫卡产生了强烈的自杀的愿望；写作正是在这种意义上拯救了卡夫卡，它通过不断地偏离正题，通过不断地推延，从而避免了他向最坏的结果发展。推延也导致他的小说始终不能完成，因为他的写作方式决定了不断地偏离主题、偏离原先目标的正当性——而这已成为他自我拯救的方式。

绝对的“一”？

以上我们讨论了卡夫卡寓言和格言的两种值，一种值是“二”；另一种值则是“三”。“二”表示两种对立的答案真假并置、莫衷一是；“三”则意味着对于“二”的超越——当然不限于“三”，也许是“四”——总之是多值的。那么，一个问题自然提了出来：在卡夫卡寓言和格言中，是否也存在着某种属于“一”的价值尺度？当然，这种“一”并非刚才说的那种对立面的各执一词的“一”；既然有正题必定会有反题，后一种“一”必定会产生另一个与之相反的“一”。那么，是不是还有另外一种“一”，绝对的“一”存在？

这正是我们所要探究的。我将在下一章中具体讨论该问题，这里只限于简单提示一下。卡夫卡作品中确实存在着一种独特的价值尺度，根据这种尺度来看，卡夫卡的晚期小说，就连一向以晦涩难读著称的《城堡》，也会找到明显的释读路径。换言之，《城堡》是可以从文本内部读懂的。而国内外的大部分评论满足于从宗教、社会学角度释读该作品，鉴于它们无力处置卡夫卡文本的内在张力关系，故亦无法找到登堂入室的钥匙，其作者不要说城堡的门，就连城堡周围的村子都没能进去。

第七章
Chapter 7

《城堡》：阿玛莉娅的沉默

在前一章中，我分析了作为卡夫卡叙事文体之微观形式的寓言和格言，以及它们拥有的三种不同的值。值在这里代表着卡夫卡看待世界的方式和对世界的终极看法。这样的答案一共有三种。我在上文中主要谈了两种。我认为，卡夫卡的寓言和格言中出现了一种二元对立的逻辑，这种逻辑的值如果用数字来表示的话就是“二”；此外，还有另外一种逻辑，其价值观可用“三”来表示，它是一种超出了上述二元对立的价值观。那么，卡夫卡文本中是不是还存在着另外一种价值观，它不是如上所述是多元的（有两个或两个以上的答案），而是只有一个答案？我们一般认为，卡夫卡小说的特征是多元和不确定性，那么，绝对的一元价值观是否存在呢？

本章将主要围绕着卡夫卡的代表作《城堡》展开。自从1922年该书问世以来，全世界围绕着这部晦涩难读的小说所作的各种阐释，可谓汗牛充栋，但《城堡》的基本面貌仍然不清。卡夫卡研究专家索克尔曾经指出，“城堡”的德文原文“Schloss”也是“锁”的意思[196]，这把“锁”同时也把关于《城堡》的一切阐释都锁在了城堡的门外。然而在我们看来，通过某种方法，通过对卡夫卡文

---

[196] 瓦尔特·H. 索克尔：《弗兰茨·卡夫卡》，载叶廷芳编：《论卡夫卡》，第644页。

本的细致解剖，通过对卡夫卡叙事文本的基本叙事单元之规律的把握，《城堡》的读解完全是可行的。当然这仅仅是一种尝试。在下文中，我将尽我所能提供一种清晰的思路，这种思路并不奢望穷尽卡夫卡作品的全部内涵，而毋宁尝试着给读者指示一条进入卡夫卡文本世界的隐微路径，尝试着在路径的重要转折点上设置几处路标或观景台，让读者能藉此穿透卡夫卡故意布下的迷雾，领略其精神世界的峥嵘、曲折和深邃。我把本书这一系列文字称作“卡夫卡新解”，而不是“卡夫卡赏析”，其原因就在于此。换句话说，对卡夫卡作品的赏析，没有一定的研究是不可能的。

真　理

我想讨论的第一个问题可以表述为：卡夫卡中期到晚期的写作是不是提供了一种新的价值观？这种价值观可以用数字概括为“一”，绝对的“一”，它其实代表着真理。我们先来看几个小故事。

1917 年是卡夫卡创作中非常重要的一年。他的很多重要作品——比如《诉讼》（没有完成）、《致科学院的报告》——都写于这一时期；从 1917 年到 1918 年还是卡夫卡格言的丰收年，他写下了大量往往带有故事性质的短小格言，我们可以把它们叫作小寓言。

第一个故事是 1917 年 10 月写的，叫《有关桑丘·潘沙的真理》。这个小故事的标题是他的好朋友马克斯·勃洛德追加的；原文写在一个笔记本上，没有标题，但相对独立。谁是桑丘·潘沙？如果读过西班牙作家塞万提斯的名作《堂·吉诃德》就会知道，故事的主人公堂·吉诃德是一位喜剧人物，长得又高又瘦；他受到过多的骑士小说的毒害，想在生活中干下一番匡世济贫、英雄救美、建功立业的大事情。小说中陪他浪迹天涯的还有两个形象：一个是他的坐骑，一匹名叫驽骍难得的老马；还有一位是他的仆从桑丘·潘沙。按小说里的描写，这位桑丘·潘沙是一个矮胖子，一个心情很好的乡下人；在别人看起来，他的主人堂·吉诃德是一个傻瓜，但在桑丘·潘沙眼中却是英雄，所以他才会跟随主人浪迹天涯，碰上了许多荒唐事。我们曾经说过，卡夫卡的寓言常用一种手法，即根据自己的想法创造性地改写现成的文本和典故；我们还说，这也是一种反思的方法——其文本作为反思的文本，通过对已有典故进一步加以反省和思考，从而引申出新的意义。上述故事就是这样的，它写道：

> 从未因此而炫耀过自己的桑丘·潘沙日复一日地向他的魔鬼——以后他给了他堂·吉诃德的名字——提供大批骑士武侠小说充当晚间读物，终于使他走火入魔，毫无缘由地干下了一系列荒唐之事，只因缺少事先臆想的对象——这个对象原该是桑丘·潘沙本人——才未对任何人造成伤害。
>
> 桑丘·潘沙，一个自由自在的人，也许是出于某种责任心，满不在乎地跟随堂·吉诃德南北征讨，从中获得巨大而有益的消遣，直到终身。[197]

我们看到，卡夫卡把堂·吉诃德的故事彻底地改写了：他彻底地颠覆了桑丘·潘沙是一个傻瓜——一个跟随着傻瓜的傻瓜——的

[197] 卡夫卡：《卡夫卡随笔集》，第 166 页。

形象。他说桑丘·潘沙是一位智者，他想自我享受、自我消遣，但不是通过他自己，而是通过他所创造的一件作品。他给一个叫堂·吉诃德的傻瓜提供了大量的武侠小说，让堂·吉诃德被疯狂的念头所驱使，走火入魔，做下了许多荒唐之事。这个桑丘·潘沙就很高兴地跟在他后面，跟随他浪迹天涯，从中得到了莫大的乐趣。这个故事完全改变了《堂·吉诃德》原来的含意。

那么卡夫卡到底想说什么呢？故事里的桑丘·潘沙其实是一位英雄，一位真正的主人公。原来小说中的主角堂·吉诃德在这里变成了一个工具，变成了被某个人用来实现其诡计、并获得快乐的手段。在这里，令人印象深刻的是真相、最后的真相获得了胜利。这与卡夫卡的早期作品形成了鲜明的对比——早期作品中，真相是得不到社会承认的。例如《变形记》中，甲虫其实是主人公萨姆沙的原形，是想过纯粹精神生活的作者的象征。主人公通过返回自己的原形，一方面试图推卸社会责任，另一方面则期待藉此邀宠——找到自己理想的爱人和家庭，满足其过精神生活的愿望。但是社会非常残酷，马上通过他最亲爱的人对他做出了判决，让他意识到，自己是一个不齿于人类的寄生虫，他得去死。在卡夫卡的早期作品中，真相呈现但却被判决，而在晚期故事里，真相躲了起来；真相在于驱使并欺骗某个人物作为工具以实现自己的目的。现在，真相超越了袒露自己、以求社会承认的阶段；现在，真相满足于以自己的方式行事：一个绝对的叙事角度出现了。

第二个故事《塞壬的沉默》写于同一年，是卡夫卡在完成了《有

在这里，令人印象深刻的是真相、
最后的真相获得了胜利。

关桑丘·潘沙的真理》后的翌日或第三天所写。荷马史诗《伊利亚特》讲述了希腊联军的首领俄底修斯带领希腊人跨海征服特洛伊，索还被特洛伊王子帕里斯拐走的王后海伦的故事。特洛伊位于小亚细亚，即现在的土耳其，而希腊则是在欧洲。另一部史诗《奥德修纪》则继续讲述，希腊人在打败了特洛伊人之后，如何渡海从亚洲返回希腊。攻打特洛亚的战争进行了十年，回家的路也走了十年。俄底修斯经过一片海域，海域里有一大群海妖，名叫塞壬。她们长着人的面貌，但有爪子。她们会唱非常美妙的歌声，水手只要听到她们的歌声，就会被迷住，最终被漩涡所吞噬。卡夫卡的故事就是从《奥德修纪》的这一情节生发的。在希腊史诗中，海妖也想通过歌声来诱惑俄底修斯，但足智多谋的俄底修斯想出了一个招：他让部下把他绑在一个船桅上。以这样的方式，俄底修斯既满足了听到海妖歌声的欲望，又不至于因此发狂。然而，卡夫卡却对它做了如下的改写：

> 为了抵挡海妖塞壬的诱惑，俄底修斯往耳中注入了蜡，并让人将自己捆绑在船桅上——

在耳朵里塞蜡的情节是卡夫卡自己增加的，这一情节旨在说明，俄底修斯意在看——而不是听——海妖塞壬的歌唱。然而：

> 海妖的歌声能渗透一切，被诱惑者的强烈渴求能挣脱比锁链桅杆更牢固的束缚。但俄底修斯对此全然不顾，尽管他或许也有所耳闻。他坚信那一小团蜡丸和一条锁链的作用。带着对自己那小小计谋的真心得意，他朝着海妖

驶去。

然而塞壬却有着一招比歌唱更为可怕的武器，即她们的沉默。假如有人在她们歌唱时能死里逃生，遇上她们的沉默则必死无疑——

卡夫卡在这里又添加了原作中前所未有的东西：塞壬最为厉害的武器是她们的沉默，所以：

当俄底修斯驶近时，法力巨大的塞壬们这一回果然不唱了。也许是她们认为对付他只能用沉默，也许是俄底修斯全神贯注于他的蜡丸和锁链时的喜形于色的表情令她们彻底忘了歌唱。

但俄底修斯，如果可以这么说的话，并没有觉察到她们的沉默，他以为她们在歌唱，只因他有了保护才未能觉察。他先是恍惚地看见她们的喉咙在扭动，呼吸粗重，眼中饱含泪水，嘴唇半启，他以为这便是他听不见但响彻于他四周的致命的咏叹调了。不过这一切便从他那投向远方的视线中消失……他再没有发现她们的踪迹。

可是塞壬们却较以往更优美，她们扭动着舒散腰肢，松开骇人的长发，任其随风飘拂，张开的爪子暴露在岩石上。她们无意再施展魅力，只希望尽可能久地捕捉到俄底修斯双目中射来的余晖——

在这里，卡夫卡又一次偏离了自己刚刚确立的主旨：海妖的沉默作为更强有力的武器并不置人于死地，她们真正的目的是想看到英雄俄底修斯眼中所放射出的那种光芒。然而，如同俄底修斯脚下的轻舟不能停留在原地，卡夫卡在意义的海洋中亦然：不旋踵间，他在文后的附注中又留下了另外一种说法：

> ……俄底修斯诡计多端，赛过狐狸，连命运女神都难以闯进他的心灵深处。虽说以人的眼光来看这不可思议，但也许他真是觉察到了海妖的沉默，而上述假象在某种程度上不过是他用来抵挡海妖和众神的盾牌罢了。[198]

这种说法的实质是欺骗，欺骗与反欺骗。其实在整个故事中，主人公之间都在相互欺骗：没有人愿意以真诚的态度亮出自己，无论是接受社会的审判，还是审判这个社会；他们开始超脱出来，开始“诡计多端”：塞壬在欺骗俄底修斯，俄底修斯也在欺骗塞壬。那么，到底什么是真相？乍一看好像没有真相，但是故事揭示了关于相互欺骗的真相。这就是卡夫卡写于1917年的一则故事。

第三个故事跳到1922年——卡夫卡写作《城堡》的同一年。小说《饥饿艺术家》写于1922年2—3月间，约早于《城堡》半年，正好处在卡夫卡全身心地投入到《城堡》的创作之前。该作品是得到卡夫卡生前认可的几篇作品之一。

小说写一位艺术家以挨饿为生，他在众人面前表演他绝食的能力，每次表演都造成全城的轰动，大家蜂拥而来看他的表演。表演的期限基本上是四十天。其实饥饿艺术家挨饿的能力远远超出了这一期限，尽管如此，他的经理每次都不允许他延长。因为

[198] 卡夫卡：《卡夫卡随笔集》，第167—168页。

根据观众心理学，四十天恰恰足以把整个小城人的兴趣调动起来，再延长，大家就都没兴趣了。饥饿艺术家获得了巨大的成功，每挨饿四十天之后，伴随着饥饿艺术家的出笼，还设有一个特别盛大的仪式，有乐队伴奏，有专门遴选出来的女士，她们把饥饿艺术家从笼子里扶出来，再搀到旁边一张桌子去进食。每到这一时刻，饥饿艺术家都表现得极不情愿，因为他还能够挨更长时间的饿，但他的经理却不让他再表演了。

可是很多年过去了，时代变了，饥饿艺术不再新鲜了。饥饿艺术家迫不得已，只好到马戏团工作，跟狮子、老虎一起表演。他所表演之处位于一个路口，当观众去观看狮子、老虎时，也会顺便看看饥饿艺术家。但是，饥饿艺术家已经不再能吸引观众了；大家对他失去了兴趣，以至于忘却了他的存在——尽管笼子仍然在路口放着。甚至于连马戏团的人都忘了！有一天，一位马戏团管理人员看到了路口的笼子，心想，里面堆这么多草干什么呢？他拿起一根竹竿，把草掀开看了一下，看见了里面瘦骨嶙峋的艺术家。他还活着，时间可能早已超过了四十天。管理人员这才想起有这么回事，就把饥饿艺术家抬了出来。紧接着，在管理员和饥饿艺术家之间，发生了一些对话。饥饿艺术家临死前说，首先我要请你原谅；管理员就说，那我们就原谅你；饥饿艺术家又说，我希望你们能赞赏我的表演；管理员说，我们是赞赏的。饥饿艺术家说，但你们其实不应该赞赏；那你就不值得我们赞赏——管理员是在敷衍他。但这又是为什么呢？管理员感到有点儿好奇。饥饿艺术家回答说，因为我只能挨饿，我没有别的办法。饥饿艺术家又说，其实我非常想像正常人一样吃好多好吃的食物，可是我做不到：因为我找不到适合自己口味的食物。说完他就死了。管理员就把饥饿艺术家埋葬了，连草一块埋了；又在笼子里换上了一只豹子。豹子又年轻又有生气，在里面到处转悠咆哮，把观众都吸引了过来。

小说的结局，饥饿艺术家告诉马戏团人的是一个真相，一个隐瞒已久的真相：他之所以挨饿这么长时间，仅仅是因为，世界上任何食物都不适合他。该故事讲述主人公在新旧时代的不同遭际，这直接让我们想起了卡夫卡以前的故事——《在流放地》(1914)：小说中的那位军官曾经是老司令官的宠儿，他因为不适应新司令官的时代而处死了自己；这恰如在《饥饿艺术家》中，随着饥饿艺术家的辞世，豹子马上替代了艺术家，给马戏团带来了新的活力。但有一点，眼前的这部小说显得与以往截然不同：我们最终发现，是饥饿艺术家耍弄了马戏团，耍弄了观众，耍弄了包括读者在内的所有人。他的绝食并非因为抗拒天然的本能，而是实在吃不下东西，找不到任何可口的食物。

根据以上三个故事，我们是否可以说，在卡夫卡晚期叙事中出现了绝对，即一种真相，它通过欺骗和掩盖真相而表现出来？

在1909年，卡夫卡笔下曾经出现过一只奇怪的动物：一半像羊，一半像猫；在1920的系列格言《他》中，“他”隔着一个灌木丛而一分为二，一个“他”看到了一切，知道水潭就在树林旁边；另一个“他”口渴，却看不到水潭，也就喝不到水。我们可以发现，尽管存在着一个全知全能的角度，但是该角度并没有分离出来形成独立，而是与另外一个有限的主人公的视角并列在一起。然而到了1922年，《饥饿艺术家》却明显有了一个绝对真理的角度；该角度道出了真相，但却是通过欺骗的方式。这使我们产生了怀疑：当卡夫卡晚期小说的主人公被种种现象迷惑时，他是否能够代表创作者本人的视角？

《城堡》正是在《饥饿艺术家》的同一时期所写。表面看来，小说描写主人公K．千方百计想进入城堡，最终转了一大圈，还是停留在原地。我们不禁要问，难道K．与城堡的这种关系，真的就是小说想解决的问题？

我们再来看另外一个小故事：

> 他有两个对手：第一个对手来自他的发源地，从后面挤着他；第二个挡着道，不让他向前走。他同时与两者斗争着——

这是一个典型的卡夫卡困局，即置身于对立的矛盾中。然而故事中的他后来发现，当他与前面的阻挡者斗争时，他其实在瞬间恰好与后面的那个推挤者的用力方向相一致；当他推搡后面的推挤者时，他的用力方向又与前面的阻挡者相一致。由此，他就产生了一个强烈的愿望：

> 有朝一日，在一个无人看守的瞬间，比如一个空前黑暗的夜间，他得以一跃离开战线，由于他的斗争经验而被提拔为一个角色，提拔为判决那两个还在互相搏斗着的对手的法官。[199]

在这里，“法官”代表着超越，属于数字模式“三”，即从对立面中超脱出来。其次，“法官”更代表着一种绝对的角度，因为

[199] 卡夫卡：《卡夫卡随笔集》，第97页。

身为法官者要秉公执法，要依据真理行事。我们曾经讨论过，在卡夫卡的寓言和格言中，“三”代表着他想要逃离和摆脱对立的倾向。但在此，“三”其实是“一”。这就是我们所说的卡夫卡叙事中的第三种价值尺度，这种尺度是慢慢地从“二”和“三”中生长出来的。

《城堡》及其阐释

长篇小说《城堡》占据着中文版《卡夫卡全集》中的第四卷。小说的叙事从某个晚上开始。我们知道，卡夫卡的小说一般都是从早上开始的（如《变形记》和《诉讼》），这次到了晚上，这是第一点异乎寻常的地方。

小说的主人公 K. 在一个阴霾的晚上到达一个村子，村子覆盖着积雪；村子上面有一座山，山上有一座城堡，但是浓雾缭绕看不见。K. 来到一个名叫“大河酒店”的旅馆。他住下后，店里代表城堡的人问他是否有通行证，他说没有；但 K. 又说，我是城堡聘请的土地测量员，来为城堡周围的村庄做土地测量。工作人员打电话到城堡去问，城堡回答说根本没有雇用这么一个人；一位低级官员的儿子试图把 K. 赶出去；但是过了一会儿，城堡里又来了电话，说是有这么一回事，还说要给这个测量员派来两个助手。这样一来，似乎 K. 的话被证实了；但是，K. 的话是否真实一直是一个疑问，因为从后面的情节发展来看，城堡并没有完全证实他的身份，这是小说中神秘的地方。

小说一共有二十章。从第二章开始，K. 搬到了另外一家酒店，这是城堡官员到村庄时落脚的地方，叫“贵宾楼”。从大河酒店到贵宾楼，距离很近。小说发展到二十章，尽管未最后完成，K. 仍然在贵宾楼里，这等于说，K. 转了一大圈仍然回到了他刚刚到达的地方。我们可以猜测一下，这么无聊的小说，读者怎么读得进去呢？小说里有大段大段的对话，大量莫名其妙的描写。读者如若按照这样一条线索读下来，结果肯定不外乎失望。K. 到底要到城堡去干嘛？城堡为什么不让他进去？只要以这种戏剧性冲突为背景，小说其实是不堪卒读的。大概是为了避免出现这种尴尬，全世界的卡夫卡阐释者就《城堡》提出了众多的观点。这些观点大致可以划分为两大群落，它们都试图从总体上讨论 K. 与城堡之间的关系，旨在赋予上述明显的不合情理以某种合理性。

第一大观点群落是说卡夫卡揭示了荒诞。这种观点最早出自法国作家加缪的《弗兰茨·卡夫卡作品中的希望和荒诞》(1942) 一文，“荒诞”意味着卡夫卡作品中“日常生活的世界”与“超自然的苦恼的世界”的对立，“二者表现为可笑的分裂”，“荒诞的是，心灵竟然属于一个肉体，它原本不知超出后者多么远”[200]。这种观点被中国的卡夫卡阐释者照单全收，恰如一位著名的卡夫卡翻译家在《城堡》中文版的编者导言中所说：“如果说，荒诞是卡夫卡小说风格的基本特征，那么《城堡》便是它的典型。”[201] 在中国学者眼中，荒诞还涉及另一个哲学命题，即“异化”——指“物对人的统治，死的劳动对活的劳动的统治，产品对生产者的统治”[202]。另外

---

[200] 加缪：《弗兰茨·卡夫卡作品中的希望和荒诞》，载叶廷芳编：《论卡夫卡》，中国社会科学出版社，1988 年，第 104 页。

[201] 叶廷芳：《编者前言》，载《卡夫卡全集》第 4 卷，叶廷芳主编，赵蓉恒译，河北教育出版社，1996 年。

[202] 叶廷芳所引马克思的原话，参见叶廷芳：《全集总序》，载《卡夫卡全集》第 1 卷，叶廷芳主编，河北教育出版社，1996 年，第 11 页。

一位著名作家则从小说中看到了“巨大的官僚机器”和“制度的不合理性”，而K．的到来，就在于“使其制度的不合理性得到了呈现。外来者K．就像是一把熏肉切刀，切入到城堡看起来严密其实漏洞百出的制度之中，而且切出了很薄的片，最后让它们一片片呈卷状飞了出去”[203]。虽然后一段话中的比喻引自卡夫卡日记，但引者把卡夫卡基于切身的心理生活的自况转用于卡夫卡的小说文本时，不仅显得极不贴切，而且鲜明地暴露了这类阐释的共性：热衷于以知音的姿态和炫耀式的行话来掩饰自己对于卡夫卡文本的毫无体会和心虚。在他们看来，似乎只需把文本中的一切不理解都冠以“荒诞”之名，便可轻松地卸掉释读主体任何严肃的责任。

另外一类看法则聚焦于卡夫卡小说的象征性。很多学者从神学角度理解卡夫卡，认为城堡象征着“神性、上天的安排，代表神秘莫测、不可接近和捉摸的恩赐”[204]，或者“上帝在世界的化身”[205]。这种看法的最始终不渝的坚持者要数卡夫卡的生前好友马克斯·勃罗德。在他看来，“这座K．未能进入、令人不解地连接近都未能真正接近的‘城堡’正是神学家称之为‘仁慈’的那种东西，是上天对人的（即村子的）命运的安排……是不该得到

在他们看来，似乎只需把文本中的一切不理解都冠以“荒诞”之名，便可轻松地卸掉释读主体任何严肃的责任。

[203] 余华：《卡夫卡与K.》，载《读书》杂志1999年第12期，第40—41页。
[204] 托马斯·曼语。转引自赫伯特·克拉夫特：《卡夫卡小说论》，唐文平译，北京大学出版社，1994年，第53页。
[205] Werner Hoffmann语。转引自赫伯特·克拉夫特：《卡夫卡小说论》，第53页。

和不能得到的东西，它超越于一切人的生命之上”[206]。而K．就是想获得允许进入这个神圣的地方，这表明了卡夫卡“不顾一切的一切而为善所作的斗争”[207]。这使得卡夫卡笔下的K．谋求进入城堡的崎岖努力，在象征的层面上顿时化为一条天路历程。有人会提出疑虑，为什么卡夫卡给城堡里的人设置的情节会显得如此“不可思议”，例如城堡里的官员写信召某个女孩睡觉，从而污辱了那个女孩？既然你把城堡说成是上帝和仁慈，那么，上帝怎么能如此肮脏下流？马克斯·勃罗德解释说，上述矛盾恰恰是宗教活动的一个特征。他举《旧约》圣经中的一个故事为例：以色列族长亚伯拉罕差不多一百岁时才得到儿子以撒；当他有一天听到上帝说，带上以撒到山上给上帝做燔祭时，就义无反顾地来到山上，拔出刀子，准备杀以撒。但这时候，亚伯拉罕才发现，上帝已经用公羊替代了以撒。丹麦哲学家克尔恺郭尔在其名著《恐惧与战栗》中，即以该故事来说明宗教信仰的特殊性：信仰建立在非理性和荒诞的基础上，与人间的一切道德相冲突。卡夫卡非常熟悉这本书和这个故事，曾经在书信和日记里多次加以深刻地评述[208]。马克斯·勃罗德试图以此为例来证明，城堡恰恰是神圣的代表和神的化身，虽然其官员看起来那么污秽，行淫事，但其实是对真正想进入城堡者的考验。这是一种神学的说法。这样一来，《城堡》就成了一本圣书，但这本圣书恐怕令人难以卒读，因为上述道理并不需要喋喋不休地用二十章来说明。

在象征的范畴之下还可以包容另外一些说法，例如说K．是无

[206] 马克斯·勃罗德：《〈城堡〉第一版后记》（1926），载叶廷芳编：《论卡夫卡》，第20页。
[207] 马克斯·勃罗德：《卡夫卡传》，第174页。
[208] 马克斯·勃罗德：《〈城堡〉第一版后记》（1926），载叶廷芳编：《论卡夫卡》，第23页。

家可归的犹太民族的象征[209]，甚至是“现代人的根本处境”的象征[210]。这也是一种很普遍的说法，城堡被从笼罩在四周的迷雾中抽离出来，变成了某个抽象道理的象征。例如，卡夫卡研究专家索克尔（Walter Herbert Sokel）不仅给出了“城堡”（Schloss）一词的德文原意（意为“锁”），还把《城堡》整体阐释为存在主义哲学关于“现代人不得不创造他自己的本质，规划他自己的存在”[211]的例证，把K．与城堡的关系阐释为从来没有得到过城堡召唤的K．，“为了生存”和“必须得到承认”[212]，试图“‘打开’人类社会把他排斥在外的这把锁”[213]，从而达到“把假装的他变为真实的他——城堡叫来的土地测量员”的最终目的[214]。更有甚者，在索克尔笔下的这位存在主义的“骗子”，在另一位德国学者眼中，进一步被夸张为一位“进攻者”乃至“自由的化身”[215]——作为一名“土地测量员”，他进入城堡的目的，居然是为了掀起一场社会革命，即“为了使财产易主”[216]！

概括起来，上述看法都把重心放在K．和城堡之间相持相让的戏剧性冲突上：K．想进城堡而城堡不让他进。但是，所有观点几

[209] 马克斯·勃罗德：《无家可归的异乡人》（1940），载叶廷芳编：《论卡夫卡》，第 80 页。
[210] 瓦尔特·H. 索克尔：《弗兰茨·卡夫卡》，载叶廷芳编：《论卡夫卡》，第 676 页。
[211] 瓦尔特·H. 索克尔：《弗兰茨·卡夫卡》，载叶廷芳编：《论卡夫卡》，第 676 页。
[212] 瓦尔特·H. 索克尔：《弗兰茨·卡夫卡》，载叶廷芳编：《论卡夫卡》，第 676 页。
[213] 瓦尔特·H. 索克尔：《弗兰茨·卡夫卡》，载叶廷芳编：《论卡夫卡》，第 674 页。
[214] 瓦尔特·H. 索克尔：《弗兰茨·卡夫卡》，载叶廷芳编：《论卡夫卡》，第 676 页。索克尔为美国弗吉尼亚大学德语与英语文学教授，著名的卡夫卡研究专家。应该承认，在卡夫卡作品的分期和指出卡夫卡晚期作品中的“欺骗”主题方面，索克尔都曾影响过本文作者的卡夫卡研究。但同样需要指出，在包括《城堡》在内的具体阐释和分析上面，作者的观点与索克尔存在着本质的差别。作者希望以这种独特的方式来表示对一位有学术分量的学者的真正的敬重。详见下文。
[215] 赫伯特·克拉夫特：《K. 的进攻——〈城堡〉》，载《卡夫卡小说论》，唐文平译，第 49 页。
[216] 赫伯特·克拉夫特：《K. 的进攻——〈城堡〉》，载《卡夫卡小说论》，唐文平译，第 48 页。

乎完全忽视了一个基本事实：卡夫卡究竟是如何描述城堡的？城堡本身到底是什么？

假如我们充分考虑卡夫卡晚期作品的性质，假如我们能够留个心眼，不至于像卡夫卡笔下的堂·吉诃德那样容易受桑丘·潘沙的欺骗，那么，不关注城堡本身，只满足于把城堡看成那么多抽象东西的象征，这种思路也许从根本上来说就是错的。我们需要问一问，这部小说难道真的在讲这些抽象的东西？全书共二十章，那么多丰富的内容和情节都干嘛呢？写了半天又回到开头，何必要写一本书呢？我们可以发现，上述所有说法不仅存在着不认真关注细节和文本之弊，更严重缺乏某种结构性思维。其作者所缺少的其实是一种尤其适用于卡夫卡文本研究的分辨力，这种分辨力一方面需要感觉的敏感，另一方面则需要思维的精微。

《城堡》中的寓言

何谓城堡？

我们需要回到卡夫卡的文本去寻找答案。《城堡》全书中，卡夫卡真正描写过城堡的只有两次。在这两次描述中，城堡均以全景方式展开在K．的视野中；换言之，K．与城堡之间所展开的是一种以“凝视”和“观察”为标志的认知关系，这使得它们迥然不同于在其他所有文本中所展开的那种行动关系——其明显的标志是，

但是，所有观点几乎完全忽视了一个基本事实：卡夫卡究竟是如何描述城堡的？城堡本身到底是什么？

城堡在K．的行动中如同万花筒般分裂为与之发生关系的种种象征物——城堡的官僚、秘书、仆人、走廊、办公室、走廊和办公室后面的走廊和办公室……而城堡本身则消失不见了。

在《城堡》第一章中，也是第一次，城堡这样出现在K．，也出现在读者的视野中：

> 此刻，他在明澈的空气中看清了城堡的轮廓，且由于那层山上处处皆是的薄薄的积雪把任何物体的形状都勾勒出来，形状益发明晰可辨了……它是一座单调的圆形的建筑……塔顶类似阁楼，其雉堞瑟瑟缩缩、杂乱无章、残颓破败地戳向蓝天，就好像是一个害怕画错或是很不认真的孩子信手涂鸦画上去似的。面对这景象，人有一种感觉，仿佛这楼中有一个忧心忡忡的居民，按理本应老老实实地把自己关在楼中最偏僻的地方向隅而泣，现在居然冲破楼顶，探出身来向全世界亮相了。[217]

这段描写中最值得注意的地方，在于卡夫卡借助雪后初晴的背

城堡在K.的行动中如同万花筒般分裂为与之发生关系的种种象征物——城堡的官僚、秘书、仆人、走廊、办公室、走廊和办公室后面的走廊和办公室……而城堡本身则消失不见了。

[217] 卡夫卡：《城堡》，《卡夫卡全集》第4卷，叶廷芳主编，赵蓉恒译，河北教育出版社，1996年，第9—11页。

景，十分清晰地给出了城堡的视觉全貌；这一景观具有浮雕般的明晰性，出现在一种清明澄澈的气氛中。其次，卡夫卡进一步用修辞方式描述了城堡：K．对于城堡的第一印象是“一个忧心忡忡的居民”——一个人格化的形象——他“居然冲破楼顶，探出身来向全世界亮相”；也就是说，当K．在远处凝视着城堡时，城堡并不仅仅是一个被动的观察对象，而同时作为一个主体，作为一个人也在观看着K．，形成一种视觉的对话。

第二次描写发生在第八章，其中，城堡的人格化形象得到了进一步发展：

> 城堡的轮廓已渐次模糊，它仍一如既往、一动不动地静卧在远处……每当K．观看城堡时，他往往有一种感觉，仿佛他是在观察着某个人，这个人安然地静坐，两眼直视前方，但并非陷入到沉思，而不能对周围的事物做出反应，而是自由自在、无忧无虑，犹如一人独处，没有人在看着他，可他又不得不觉出有人在看着他，但这丝毫也不能打搅他内心的平静。[218]

首先需要指出，即使城堡的“轮廓已渐次模糊”，但城堡的本体（本质）仍然“一如既往”，保持不变。这显然是对于第一章中的相关描述的有意回应。其次，城堡是怎样的一个人格化形象？这是一个人，一个宁静的人：他安然地静坐，看着村子的方向。这是一个超脱了种种烦恼纷扰的形象！他明显也不是上帝，因为上帝总

[218] 卡夫卡：《城堡》，《卡夫卡全集》第4卷，叶廷芳主编，赵蓉恒译，第107页。

是两眼瞪着人世，怒气冲冲的。尤其是，卡夫卡指出，城堡置身于一种与K.（和所有的观众）发生对视的关系中，也就是说，他知道所有人都在看着他，然而，“这丝毫也不能打搅他内心的平静”。

另外，我们需要格外关注的，是城堡所处的方位：它位于山上，处在全村最高的地方，是所有人视线的汇聚处。

我们再往下看，情况就变得有意思了。显然，K.因为没有进入城堡，而始终呆在村子里。城堡在高处，村子在低处。但他所在的酒店并不是村子最低的地方。假如我们已经初步确定了城堡的方位，即它处在山上最高的地方，那么，一个问题自然提了出来：卡夫卡有没有给我们提供另外一个确定的点，以使我们能够据此画出城堡和村子的完整地形图？既然城堡是其中最高的点，那么，是否存在着一个最低的点呢？如果能够找到最低的点，我们就会发现，小说中极有可能存在着某种确定的对位关系，它必将有助于我们去发现小说中大的结构关系，即小说的秘密所在。那么，这另外一个方位在哪儿？

小说的第二章写到，K.曾经跟着城堡里的一个信使走，他想信使或许糊里糊涂地就把他带进城堡里去了。当信使说“到了”的时候，K.特别高兴，他还以为是城堡到了。然后他才发现，他其实是到了信使的家。信使的家与城堡恰恰相反，位于村子的下坡。显然，与许多人的想象截然不同，小说并没有只写K.如何一门心思想进城堡，其间还发生了很多事，其中就有K.与这一家人之间的关系。

信使巴纳巴斯有一个怎样的家庭？他有父母和两个姐姐，一家五口住在村子的下坡处。这个地方不仅是村子里地理方位最低之点，也是村子中道德地位最低的地方。因为这是城堡包括村子里所有人最鄙视的一家人，“我们是被人看不起的”[219]。

这家人有个女儿，叫阿玛莉娅。有一天过节，这个女孩子去跳舞，被城堡的一位官员索尔替尼看中。然后官员就给阿玛莉娅写了一封信，里面有很多污秽之词，召她马上到贵宾楼去。本来阿玛莉娅心情挺好的，城堡的官员如果宠幸她的话她也不反感，但她看到这封信的时候特别生气，就把信给撕了，断然拒绝了官员的要求。这样的一件事在城堡里从来没有发生过，没有任何人，包括城堡周围村庄里的人，敢于拒绝城堡官员的要求，这是大逆不道的事。

这件事之后，所有人都认为阿玛莉娅做错了，感到最严重的是她的全家人。她的弟弟为了赎罪，自愿无偿地给城堡当信使。而姐姐奥尔嘉更加极端，天天跑到贵宾楼的酒吧里去，完全不加选择地，与城堡里的每一个人——官员和官员所带的粗俗不堪的仆人们，只要他们与城堡有关系——睡觉；她变成了一个不折不扣的妓女，意在对家庭与城堡之间的破裂关系有所补偿。父亲原本很健康，一下子就衰老了。为了挽救家庭与城堡的关系，父亲每天等在城堡官员进出的路口，风雨无阻，向城堡的官员求情讨饶，结果成了当地的一个笑柄。总之，这一家人是无可救药地堕落了：恰如他们住在城堡的最下面，被所有的人都看不起。

显然，假如城堡代表了一个最高点，那么阿玛莉娅家就代表着最低点——这两点无疑可以确定。确定了这两点之后，《城堡》的地形也就有了明确的坐标。现在让我们再看一看阿玛莉娅，这个惹

[219] 卡夫卡：《城堡》，《卡夫卡全集》第 4 卷，叶廷芳主编，赵蓉恒译，第 253 页。

事精自己在干嘛。关于K．第一次看见阿玛莉娅的情景，卡夫卡是这样描写的：

> 唯有阿玛莉娅那严肃的、直视前方、毫不动情、也许还有些呆滞的目光，使他对自己这个态度有片刻的惶乱和迟疑。[220]

在初次的印象中，卡夫卡即强调了阿玛莉娅的目光，这种目光严肃、坚定。这种印象在阿玛莉娅的第二次出场中进一步得到强化：

> K．看见阿玛莉娅捂着被子躺在灶沿凳上，躺下后她继续打量着他，那种神情似乎是奇怪他为什么还不走，她的目光同往常一样冷峻、明彻、明智。[221]

如果予以适当关注，读者很容易从上述描述中，看到其与卡夫卡关于城堡的描述的对位关系：同样的目光（“直视前方”），同样的姿态（“躺”），甚至同样的表情（“宁静”、“明澈”、“冷峻”、“明智”）。与城堡一样，阿玛莉娅也是一个主体的形象。当有人（K.）看着阿玛莉娅时，他同时会发现，阿玛莉娅也在看着他。这也许是偶然；但当我们看到，卡夫卡对于阿玛莉娅形象的处理，尤其是她与周围

[220] 卡夫卡：《城堡》，《卡夫卡全集》第4卷，叶廷芳主编，赵蓉恒译，第36页。
[221] 卡夫卡：《城堡》，《卡夫卡全集》第4卷，叶廷芳主编，赵蓉恒译，第183页。

人群的关系，同样存在着与城堡的高度对位时，无疑已不能再用偶然来搪塞了。在义理的层面上，阿玛莉娅恰恰表现得犹如一个城堡：

> 她又不安排我们做什么特别的事情，不下任何命令，不提任何要求，几乎只用一声不吭的方式来主持这个家。[222]

她不说话，但她是这个家的主心骨；因为她是一个固定的点，周围所有人全围绕着她，周围人们的言语——

> 这些喊喊嚓嚓就都成了废话，退一步说即使阿玛莉娅听清了，这些敲敲打打也只能撞在了她那堵一声不响的墙上。[223]

在最后的修辞中，阿玛莉娅的沉默已经被卡夫卡直接转化为一种建筑的意象。只有到了这一时刻，最多疑的读者也会意识到，二者间确实存在着某种对位关系，并且无疑诉说着《城堡》这部小说中某种有意设计的内在结构。尽管《城堡》所有的结构会与巴尔扎克或托尔斯泰小说中的那种宏大叙事相距遥远，但它一定也是一种结构，而绝不同于一般卡夫卡研究者所理解的，那种没头苍蝇

在义理的层面上，阿玛莉娅恰恰表现得犹如一个城堡。

[222] 卡夫卡：《城堡》，《卡夫卡全集》第4卷，叶廷芳主编，赵蓉恒译，第230页。
[223] 卡夫卡：《城堡》，《卡夫卡全集》第4卷，叶廷芳主编，赵蓉恒译，第231页。

K. 一定要往城堡里飞的意象。

事实上，只需浏览一下小说章节的布局，即可发现第十五章在小说整体结构中的特殊性。第一，它是这部小说里最长的一章，一共 71 页；在全部小说的篇幅中（共 350 页），这一章即占据了其五分之一，而其他 19 章加起来，才占据了剩余的五分之四[224]。第二，其他章节都没有分节，而第十五章是分节的；它分成了“阿玛莉娅的秘密”、“阿玛莉娅的受罚”、“父亲的求情”和“奥尔嘉的计划”等四节，讲述了关于这个家庭的一个完整的故事。这使得这一章犹如《城堡》中的书中书，形成相对独立的部分。事实上，卡夫卡的另一部长篇小说《诉讼》也是如此，在正常的叙事之外还容纳着一个扑朔迷离的寓言。《在法的门前》不仅讲述了一个独立的故事，而且其意蕴成为破解《诉讼》之谜的一把关键的钥匙。那么，在《城堡》中是否也遵循着同样的规律？在这部小说中是否也有一个寓言呢？以《诉讼》为例，卡夫卡的写作作为反思的文本，在像《城堡》这么大篇幅的小说里，如果没有提供任何硬核可供人们反复咀嚼，反倒是令人诧异的。那么第十五章是否可以当作《城堡》本身的一个寓言？我们是否可以说，阿玛莉娅的秘密直接关系到城堡的秘密？

三种叙事

城堡与城堡的周围形成了鲜明的对比。城堡是一个固定的地

---

[224] 此处的数字统计是根据《城堡》中文版作出。参见卡夫卡：《城堡》，《卡夫卡全集》第 4 卷，叶廷芳主编，赵蓉恒译。

方，是一个心态平和的人，它在别人看着它的时候也看着别人；它并不太在乎别人的眼光，别人不看它，它也一样有个好的心情。那么城堡周围是什么呢？我们可以发现，城堡周围的人都呈漂浮状态，因为城堡有所谓的等级制，所有的事情都围绕着城堡转；城堡是一个圆周的中心，而周围的村庄、地域都是围绕着它展开的层层圆周。

阿玛莉娅与她周边的人形成了鲜明的对比。阿玛莉娅也是一个固定的点；她是沉默的，但她很坚定；她在断然拒绝了城堡官员之后，满足于坦然自如的生活。但她周围的人焦虑不安，不是围绕着她转就是试图为她做事，欲以修复与城堡的关系。

如果《城堡》可以这样阅读的话，我们意识到，卡夫卡在这部未完成的小说中，是否就像曾在《饥饿艺术家》中那样，又是在玩弄一个诡计，玩弄所有人？要知道，《饥饿艺术家》正是在写作《城堡》的同一年完成的。《饥饿艺术家》在首先塑造了一位悲剧性的殉道者形象之后，然后告诉大家，饥饿艺术家欺骗了你，也欺骗了所有的观众：他的绝食仅仅是因为找不到可口的食物，否则他会跟大家一样，胃口好得很。

如果《城堡》可以这样阅读的话，那么这部小说就拥有某个角度，它如同黑洞般吸引并吞噬了光线；它是黑的，就跟城堡内部一

城堡周围的人都呈漂浮状态，因为城堡有所谓的等级制，所有的事情都围绕着城堡转；城堡是一个圆周的中心，而周围的村庄、地域都是围绕着它展开的层层圆周。

样，是无法进入的。从这个角度而言，与其说城堡是一个空间的方位，毋宁说更是思维中的一个方位。如果我们的阐释不错，至少可以发现一点，《城堡》里确实有一个寓言，这个寓言与正文的关系，具有《诉讼》中的寓言与正文相同的关系。如果说寓言《在法的门前》代表着解读《诉讼》的一个不可或缺的因素，那么，阿玛莉娅的故事亦然，它决定着《城堡》读解的秘密。卡夫卡曾经明确地表述，城堡是某种人格的形象，那么，根据同样的对位法，卡夫卡未明说的其实是，阿玛莉娅即城堡。因此，当第一次，K. 跟随巴纳巴斯回到家里的时候，K. 在不经意间已经进入了城堡；但当他意识到，这儿仅仅是巴纳巴斯之家而非城堡时，他与所有人一样都被“锁”在了城堡之外。

只有城堡与阿玛莉娅是两个确定的点，周围的所有东西都是围绕着这两个点的漂浮物；但这两个点其实是同一个点。这种结构说明，《城堡》这部小说有一种代表着绝对真理的答案，这种答案即“一”。

但是，这种答案是否就是该小说所欲诉说的全部？

马克斯·勃洛德曾经给我们讲过另外一个故事。根据该故事，

根据同样的对位法，卡夫卡未明说的其实是，阿玛莉娅即城堡。因此，当第一次，K. 跟随巴纳巴斯回到家里的时候，K. 在不经意间已经进入了城堡；但当他意识到，这儿仅仅是巴纳巴斯之家而非城堡时，他与所有人一样都被“锁”在了城堡之外。

卡夫卡为《城堡》设定了这样一个结局：终于有一天，K．奄奄一息的时候，城堡里来了一个命令，说准许他留下来居住和工作，但不是留在城堡，而是留在村子里[225]。马克斯·勃洛德显然认为，这一情节证明K．的努力最终获得了成功，他最终被城堡也就是上帝所认可。我们无从置喙故事的真伪，我们也无法相信，这一结局即卡夫卡最终想告诉我们的东西。但至少有一点，这一故事让我们产生了似曾相识之感，让我们想起了《诉讼》中《在法的门前》故事中的情节，仿佛《城堡》所描述的，其实是让《诉讼》中那个想进入法的大门的乡下人，最终变成了法律的守门人而已。这一故事暗示我们，《城堡》中有可能还掺入了《诉讼》中的故事。

《城堡》中确乎存在着与《诉讼》十分相似的情节。比如在《诉讼》中，约瑟夫·K．跑到了一个阁楼上，他发现阁楼很大，法院全在阁楼上面；阁楼通向一个深深的走道，走道两边开着无数的门，里面全是办公室的人员，坐在里面写文件；要不就是有很多的被告坐在那儿等，而且这个走道十分幽深。《城堡》里的贵宾楼也是一样：K．本来以为楼上是旅馆，后来发现，其实里面全是办公室，住的全是城堡的人，坐在里面写文件。《诉讼》里讲，最低级的守门人守护着法律的大门，但里面还有无数的守门人，一个比一个厉害。同样，在《城堡》中，K．与城堡之间存在着无数的中介：村子里，他的顶头上司是村长，村长又被城堡里第十办公厅主任所管辖，而这位第十办公厅主任又只是城堡里最低级的官吏，在他之上还有无

---

[225] 马克斯·勃罗德：《〈城堡〉第一版后记》（1926），载叶廷芳编：《论卡夫卡》，第 18 页。

数的级别，级别链条的终端是伯爵，但这个伯爵在小说里从来没现身过；然后，城堡中最低级的办公厅主任还有专设在村子里的秘书，而城堡里的秘书就更多了；这个低级官员还有很多追随和服侍他的人。所以，从K.到城堡之间，存在着无限的距离。近在咫尺的城堡，实际上无限遥远。

《城堡》重复了《诉讼》中的情节，这一事实告诉我们，大家喋喋不休、津津乐道的那个故事——K．要进城堡而城堡不让他进——仍不失有部分的真理性。但是，既然在《诉讼》中，该故事以乡下人一心想进入法律的大门，却一辈子没能进入的版本完整地展开过，它在《城堡》中的再次出现就不再新鲜了。显然，这并非《城堡》真正想解决的问题，何况这个问题在《城堡》中也不曾被解决——卡夫卡只不过把他在《诉讼》中无能为力的东西，原封不动地搬到《城堡》而已。这种类似于心理学中的创伤重现的现象，可能深刻地反映了卡夫卡与其父亲在生活中的真实关系：一方面想抗拒父亲，另一方面又因为抗拒父亲而自感有罪。卡夫卡在文本中拥有了一个绝对真理的角度，并不意味着他生活中的罪恶问题随之消弭于无形。

除了以上两个故事之外，《城堡》中可能还存在着第三个故事。前文已经注意到，这部描写了很多情节的小说，到了第二十章的时候，其主人公仍然停留在刚刚起步的地方。这是否意味着，整部小说的叙事等于是绕了一个圆圈呢？

我们在第六章注意到，卡夫卡写作的一个重要功能即推延或不断地偏离正题。这可以从他写作时的特点得到说明。他写作是为了逃避当下或即将到来的无聊琐事，诸如上班、家庭争执、父子矛盾或与未婚妻之间的龃龉。为了离他当下的情景更远一点，不断地偏离主题变成了卡夫卡写作的基本方法之一。从某种意义上说，他这种不断地偏离主题的创作，犹如K．从大河酒店到贵宾楼的实际行程，经常是绕了一个圈又回到了原地。这个圈所起到的最大的作用，即在把自己封闭起来的同时，把旁观者（读者）也弄蒙了。卡夫卡似乎通过他的叙述而构筑了一个迷宫；等到他的迷宫完成了之后，他自己反而跳了出来。这一点恰如他笔下的人物桑丘·潘沙，后者通过驱使他的主人堂·吉诃德去冒险，而自己却躲在背后，享受着旁观的快感。这是一个创作者的快感，通过创作而获得的快感。瓦尔特·本雅明曾经说过，叙述体在卡夫卡那里，起到了《一千零一夜》中山鲁佐德讲故事的作用，让即将到来的事情无限期地拖延下去[226]。但是，比拖延更为有效的则是，让自己的对手或敌人自行错乱在其布下的迷魂阵中。卡夫卡在《城堡》中的写作无疑欲达成同样的目的——恰如他在同年日记里所描绘的那样，在感觉到整个人类都伸出手来抓住他的同时，日记作者强烈地希望，“无数伸出的手臂纵横交错地纠缠在一起”，然后，“就没有人找到他了”[227]。

应该说，小说《城堡》中其实蕴含着三个故事或三种叙事，这三种叙事恰好代表了三种不同的值、三种看待世界的方式。正是文本形态的这种差异，导致了在终极的意义上，《城堡》这部小说的复杂性。其中，大多数人最热衷于讲述的K．与城堡之间的故事，

[226] 瓦尔特·本雅明：《弗兰茨·卡夫卡》(1934)，载叶廷芳编：《论卡夫卡》，第37—38页。
[227] 卡夫卡：1922年5月19日日记，《卡夫卡全集》第6卷，叶廷芳主编，孙龙生译，第465页。

是一个关于对立与斗争的“二”的故事；而通过写作以构筑一个迷宫，则在叙述一个如何超越对立的“三”的故事。当卡夫卡通过写作慢慢地疗救自己，当那个超越了对立的自我渐趋成长、结晶和沉淀，形成某种绝对的立场的时候，也就是那种关于“一”的世界观显山露水之际。三种不同的值围绕着绝对的“一”布局构阵，犹如村庄围绕着城堡、人群围绕着阿玛莉娅，构成行星与恒星、星系与黑洞的几何关系。

《城堡》即由以上三种叙事组合的结构。

写作的三个“自我”

进而言之，文本意义上的三种叙事，在人格意义上对应于三种自我；这意味着，在《城堡》的文本内部，存在着三个卡夫卡。

第一个卡夫卡即《变形记》、《判决》或《诉讼》里的格里高尔或者约瑟夫·K.，无论作为认罪者（《判决》）、赎罪者（《变形记》）抑或抗辩者（《诉讼》），这个卡夫卡始终处在与外在世界相对立的格局。《城堡》中的K. 也有这一面，他动用各种诡计，一门心思

当卡夫卡通过写作慢慢地疗救自己，当那个超越了对立的自我渐趋成长、结晶和沉淀，形成某种绝对的立场的时候，也就是那种关于“一”的世界观显山露水之际。三种不同的值围绕着绝对的“一”布局构阵，犹如村庄围绕着城堡、人群围绕着阿玛莉娅，构成行星与恒星、星系与黑洞的几何关系。

欲闯入城堡，鲜明地体现了“二”的真值。这种对立折射了卡夫卡自己生活中与父亲的关系。从心理学角度而言，“二”体现的是一种子－父关系；在《城堡》的这部分文本中，卡夫卡仍然流露出一种儿子的心态，他所抗衡的是作为城堡的父亲。

第二个卡夫卡则涉及卡夫卡通过写作来逃避现实的那一面。从心理学尤其是心理诗学的角度而言，通过不断地虚构故事，通过略无停留地从文本的一处转移到另一处，这样一种心理反映了艺术家对艺术所持的那种独特的态度：他把创作看成是一种逃避，而把创作的文本看成是寄托了其所有愿望的母体；换言之，他其实真正想逃入的是某种母体的深处，以期别人谁也找不着他，因而，所有足以暴露其真正行踪的痕迹都应该被仔细抹去——就像他最晚期的作品《地洞》(1923—1924) 那样。艺术家与艺术的这种关系反映了一种子－母关系。这种关系可以采取两种形式来表现。在第一种形式中，子－母关系表现为一种真正的异域想象，就像卡夫卡早期写作中对于美国和巴勒斯坦的向往，长篇小说《美国》(1911—1914) 是这种逃避欲望的充分证明。可是到了后来，卡夫卡越来越觉得，真实的逃避是没有出路的，所以他转而发掘文本的意义，把文本的构造当成有着更深意义的第二种形式的逃避。《城堡》那扑朔迷离的叙事正是服务于这一目的。

然后到了他的晚期，卡夫卡人格中，一种超然旁观、自在智慧的倾向更形明显。在生活中，无论男女，晚期卡夫卡都更愿意与年轻人交往；他与最后一位情人初识时，后者甚至只有 19 岁。在这些年轻人面前，他往往以智者、成人和父亲的面目出现。所以，其价值观中绝对的“一”的出现，与他的这种生活状况是相呼应的。相对于前面的子－父和子－母关系，这里出现的更是一种父－子关系。

但是也正因为如此，恰恰因为有三个卡夫卡和三种不同的叙事，解释了《城堡》这部小说为什么最终没有完成。从本质上说，这部小说亦不能完成。因为三个故事、三种叙事的相异性使之并不具备整合为一的资质。所以，《城堡》实在是一本非常有意思的书，与其说它是卡夫卡小说艺术的成功，毋宁说更是一次人格整合失败的记录。它以卡夫卡人格的失败铸就了小说艺术史上最辉煌的一次成功。这也解释了卡夫卡自己对于包括该小说在内的所有未完成稿的态度，即："毫无例外地予以焚毁"[228]。我自己读过《城堡》很多遍，每读每新。在熟悉了卡夫卡的叙事策略之后，觉得该小说更有意思。最主要的是，它是一种反思的文本，你可以顺着卡夫卡的思路去重新想问题。

[228] 马克斯·勃罗德：《〈诉讼〉第一版后记》（1925），载叶廷芳编：《论卡夫卡》，第 10 页。

第八章
Chapter 8

晚期作品的音色

“建筑”的意象

“建筑”是卡夫卡晚期作品中的鲜明意象。“城堡”是这些意象中最著名的一个；“巴别塔”则是另外一个频繁出现的建筑意象。

“巴别塔”涉及《旧约》圣经里一个重要的典故，它解释了人类语言和文化多样性的起源。根据《旧约 · 创世纪》，上帝出于对人类的失望，要毁灭人类；他选中诺亚一家人，让诺亚把人间的动物各挑选一对，放到一只巨大的方舟里。等洪水退下去之后，诺亚一家与所其挑选的动物，又重新在大地上繁衍生息，然后，诺亚的子孙遍布全世界。等到他的子孙变得非常强大之后，他们来到一个平原，想建一座城市和一座塔；这座塔的塔顶可以通到天上去，他们希望以此传颂人类的名，并以此接近上帝，与上帝平肩。这个事情搞得轰轰烈烈，开始的时候非常成功。上帝发现，人类的行径对他是个威胁，就略施小计。上帝采取的方法即今天世界各民族难以实现沟通的主要原因，用圣经里的话说，就是“变乱口音”——让各民族的语言，最终是文化不一样。原先，世界各民族都拥有一种共同的语言，彼此之间可以顺利交流，故他们合起来的力量也特别强大。上帝通过变乱人类的口音，导致了人类与上帝平肩的宏伟规划就此落空。那座未建成的城市和塔，也相应地具有了“巴别”之名。[229]

在这个故事中，我们可以区别出两种类型的“巴别塔”。一种是人类意欲完成的巴别塔。它根源于人类欲与上帝平肩的终极梦想，试图通过人类的事业而与宇宙合一，是人与世界完满统一的象征。

另外一种类型即人类未完成的巴别塔。我们知道，圣经里的“巴别”（Babel）一词，在希伯来语里有“变乱”之意。巴别塔意味着上帝通过变乱人的口音而在人类中导致混乱的局面。与前一种类型相反，这种巴别塔作为混乱，亦可看成是一种不完满的东西，即一个废墟；巴别塔是一个废墟。

在卡夫卡晚期作品中，多次出现了巴别塔的形象。在圣经和犹太－基督教文化中，巴别塔早已是人类妄自尊大的隐喻，体现了他们想与上帝平肩的原罪。按照该文化的道德观，建造巴别塔的做法既不正当，更应被禁止。这种禁忌成为卡夫卡思考的出发点——1917 年，他在笔记里写了如下一句格言：

> 我们在挖巴别塔的竖井。[230]

这是什么意思呢？我们知道，卡夫卡思维最重要的特色之一，即在于不断偏离原初的目标——在这里表现为对经典的改写。我们所理解的正常的巴别塔，是从地面往天上建，故亦叫“通天塔”。但卡夫卡却说，我们正在建的那个巴别塔却不同：它不是往天上建，

---

[229]《旧约 · 创世纪》11:1—9。

[230] 卡夫卡：《笔记本和散页中的断简残篇》，《卡夫卡全集》第 5 卷，叶廷芳主编，黎奇、赵登荣译，河北教育出版社，1996 年，第 237 页。

而是往地底下挖，相当于挖一个竖井。建造巴别塔变成一个不断地往地下开掘的过程。根据逻辑，这样的一个巴别塔似乎应该被允许，因为它没有往天上发展。这里，卡夫卡的叙事策略表现为转换一个典故的传统含义。

然后，在同年的年底，卡夫卡又在另一则格言里，补充了前面格言的意思：

> 如果有可能建成巴别塔而不去攀登它，那么建塔的这样一件事就有可能得到允许。[231]

这句话乍一看又是自相矛盾的：建塔而又不去攀登它，那么塔怎么可能建起来呢？然而，假如我们换一个思路，用类似于前一句格言的方式来看，那么，这句话亦不失为合乎逻辑的：既然攀登意指向上攀援的行为，那么，一旦人们并不致力于往高处走，而是往低处下行；换言之，一旦巴别塔不是高高矗立在空中，而是深深地盘踞在地下，那么，建造并生活于这样的巴别塔里，就应该是合法的——显然，它并不违背圣经的戒律。这是卡夫卡对于前一句格言的进一步阐释。

1917 年是卡夫卡的整个写作往精深的思维方向发展的一个里程碑。这一年，另外一篇出现了重要的建筑意象的短篇小说叫《中国长城建造时》。在这篇小说中，卡夫卡又一次根据自己的需要，改写了某个历史题材的传统含义。众所周知，中国的万里长城是

[231] 卡夫卡：《八本八开笔记本》，《卡夫卡全集》第 5 卷，叶廷芳主编，黎奇、赵登荣译，第 40 页。

为了防范北方的游牧民族而兴建的。但卡夫卡却给出了截然不同的阐释。

首先是中国长城建造的方法。他说，中国长城是这么建造起来的：一般是由二十来个民工组成一小队，每队负责修建约五百米左右的长城，邻队则修建同样的一段与他们的相接，以构成一段一千米的长城。当这段长城建成后，施工队并不是从这段长城的某一末端，继续开始修建另一段长城，而是另起炉灶，被派到其他地方，用同样的方式另外再兴建一段一千米的长城。这样一来，万里长城在不断延长的过程中，其实是断断续续的；长城与长城之间有许多缺口。卡夫卡说，有很多缺口是渐渐被弥补起来的，但据说，有很多段的长城缺口，则从来没有被堵上过。

那么，修建这样的一个万里长城，有什么用呢？卡夫卡提到了传统的关于防范北方游牧民族的说法，但反诘说："它造得并不连贯，又如何能起到防御作用呢？"[232] 他为此提供了另外一个解释，认为修建长城是另有所图，是为完成另外一个宏伟计划作准备，即为建造新的巴别塔奠定基础。借用这种方式，卡夫卡把世界历史上两大古老的民族——希伯来人和中国人——的神话和现实，巧妙地缝合了起来：欲建巴别塔先要修建长城。然后，卡夫卡解说道，旧巴别塔之所以未能建成，并非因为上帝变乱了人们的

借用这种方式，卡夫卡把世界历史上两大古老的民族—希伯来人和中国人—的神话和现实，巧妙地缝合了起来：欲建巴别塔先要修建长城。

[232] 卡夫卡：《中国长城建造时》，《卡夫卡全集》第1卷，叶廷芳主编，叶廷芳译，第375—376页。

口音，而是巴别塔的基础没夯结实，所以，建造长城是为了给建造新的巴别塔奠定一个坚实的基础。[233] 顺理成章的是，新的巴别塔之所以没能最终建成，是因为万里长城没能建成；而万里长城之所以没能建成，则是由于长城断断续续的性质——它是由很多片断组成的。

这篇小说没有写完，我们无从得知卡夫卡最终将给出什么样的答案。但对我们来说重要的是，这段关于万里长城的描述，其实非常接近于卡夫卡自己写作的方式。就像万里长城的建造一样，卡夫卡写作时也是一段一段地写，写了一段，又完全撇开另写一段。在他的八开本笔记里有无数个这样的片断，在每段之间经常没有任何关联。最典型的例证是他的长篇小说，其中没有一部是完成的；当然，与任何作家一样，他的长篇小说也试图连续性地叙事，但是出于种种原因，最终都失败了。

具体而言，卡夫卡的小说包括其中的章节，是非常接近于他笔下的长城的。正如他眼中的长城由千米长的一个个片段组成，卡夫卡的小说也经常由并不连贯的章节构成。这千米一段相对独立的部分就相当于一个章节，是长城（小说）的一个合法的单位；这种情况导致卡夫卡的小说整体经常没有完成，但并不妨碍他把其中的某个章节或片断抽离出来单独发表（例如《美国》中的《司炉》，《诉讼》中的《在法的门前》，以及《中国长城建造时》中的《一道圣旨》）。而最终作为遗著而出版的卡夫卡长篇小说，则更是具有残缺的万里长城的性质。联系到修建万里长城是为了给建造巴别塔打基础，而巴别塔作为人与上帝相提并论和人与世界完满

[233] 卡夫卡：《中国长城建造时》，《卡夫卡全集》第 1 卷，叶廷芳主编，叶廷芳译，第 379 页。

统一的象征，一个问题自然提了出来：兴建一座完满无缺的长城或者巴别塔，是可能的吗？

在上一章我们曾经提到，《城堡》的叙事呈现出一种强烈的真理诉求，其文本在相当程度上是围绕着绝对的“一”的价值观而展开布局的。在以上文本中，卡夫卡明显是在处理同一个问题：那种按照真理或绝对的“一”而解答世界所有问题的方式，有可能完成吗？

我们发现，晚期小说《地洞》，正是在以上语境中产生的。

《地洞》与巴别塔的“竖井”

《地洞》(1923—1924) 在卡夫卡晚期小说中恢复了“我”的视角。

“我”是一只动物，一只善于打洞的鼹鼠类的动物。这只动物非常聪明，它为自己在地底下做了一个非常精巧的规划。首先，地洞有一个出口，建在一个人们熙来攘往的斜坡上，因为“这说不定比十分冷僻的地方更保险”[234]，它还用一层可移动的苔藓为出口做了一个伪装。而地洞内部是一个非常复杂、极其精巧的结构，是一个真正的世界。里面有无数条通道，每条通道每隔一百米左右就会辟一个圆形的小广场，以供该动物休息。在地洞中，这样的小广场一共有五十多处。以一百米有一个广场作粗略计算，一个有五十多处广场的地洞其总长至少超过五千米，这个地下迷宫可谓一个地下的微观城市。

然后，地洞中还设有中心广场，广场里还建有一个城池。城池

[234] 卡夫卡：《地洞》，《卡夫卡全集》第 1 卷，叶廷芳主编，叶廷芳译，第 479 页。

里有非常美丽的古典式的大穹顶和圆形广场，这个动物用这些地方来储存他的食物。“其场地之大，半年的食物都放不满。”[235] 各种各样的小动物的尸体，铺陈在城池各处，它在其间漫步，感觉到强烈的赏心悦目之美。但是，它同时又隐隐觉得受到外部动物的威胁，所以，它又为如此精巧的结构另外设置了许多防范措施。首先，它考虑到它的粮食储备过于集中，所以，为了把食物分散，它就每隔两个广场设一个预备储粮站，或每隔三个广场设一个正储粮站，每隔一个广场再设一个副储粮站——一旦有敌人入侵，它可以依据这些分散的食物打游击而生存下去。然后，它又在这个地洞里做了很多机关，称它们为迷津暗道；这些迷津做得非常成功，以至于它自己也经常迷失在自己的创造物里面。这似乎是一个尽善尽美的构造。有时候它甚至产生这样幼稚的想法：压根就不回地洞，而是在洞口附近住下，满足于“专门观察洞口以打发日子”；满足于在心中不断地想象，“假如我置身洞中，它能够多么坚固地保护着我的安全”，从而，“在这样的想象之中获得我的幸福”[236]。

但这只动物还是不满足；尤其是当它意识到，对它的敌人来说，它自己在洞里与洞外存在着本质区别的时候。借用 20 世纪物理学的最新成果，我们知道，观察者本身的立场构成了被观察对象的组成部分。而卡夫卡仅仅凭感觉就做到了这一点：如果“我”不在洞里，外面的动物就不会嗅到“我”身体的味道，所以，不管“我”在外面的观察如何证明此洞构造精妙、万无一失，其实这种感觉根本不靠谱，因为“我”并不真正在里面。它由此又感到不安，就回

[235] 卡夫卡：《地洞》，《卡夫卡全集》第 1 卷，叶廷芳主编，叶廷芳译，第 474 页。
[236] 卡夫卡：《地洞》，《卡夫卡全集》第 1 卷，叶廷芳主编，叶廷芳译，第 480 页。

到洞里去了。直到有一天，它清晰地听到，一个异在的生命正在临近……

《地洞》的主题显然与卡夫卡前几年不断思考的巴别塔主题一脉相承。这里涉及的是一个地下的巴别塔，那么，这个地下的巴别塔（“地洞”），是否能建成呢？或者说，一个理想的、完美无缺的自我世界，能够相应完成吗？进而言之，类似于《城堡》中的那种绝对的、统摄一切的真理视角（卡夫卡恰恰在小说的行文中把“地洞”称作“我的城堡”[237]），能否立于不败之地？小说的前半部分在在言说着其可能性，然而到小说的下半部分，我们发现，一种声音出现了；这种声音是“我”所不了解的，这是“变乱的口音”——他者的声音。

“他者”的声音

《地洞》写道，这只动物在洞中的理想国里高枕无忧，醒来之后，它听到了一种几乎无法听到的“曲曲”声。起先它判断，声音似乎是由一些小动物们发出来的——这虽然让它产生了些微烦恼，怕这些小畜生因此破坏了地洞的构造，但并不太在意；但是，没有任何迹象能够证明小动物们的存在，而“曲曲”声非但不曾消减，反而愈形明显：“剩下的唯一解释就是有一头大动物的存在

直到有一天，它清晰地听到，一个异在的生命正在临近……

[237] 卡夫卡：《地洞》，《卡夫卡全集》第1卷，叶廷芳主编，叶廷芳译，第485页。

了”[238]，即一只陌生的动物——“一头巨兽”——也在挖洞。这让该动物非常不安，它甚至于试图去化解这种声音，认为声音其实来自于自己脉搏的跳动。可当它休息一阵子，又竖起耳朵听的时候，发现这个声音是确凿无疑的，而且越来越逼近它的洞——这意味着，他者、外在和未知的一切，在深刻地影响着这个完满的乌托邦世界：用卡夫卡的话说，“与其说你在自己的家中，毋宁说你在他们的家中”[239]，即自我其实是被他者环抱的孤岛！这篇小说没有写完，它以“但是一切始终毫无改变”[240]这句话戛然而止，让全篇的情绪永远地凝冻在动物的恐惧感中。

我们注意到，这部晚期小说恢复了早期特有的人称“我”。第一人称“我”虽然出现，但是整个小说的情愫证明，因为有外界和他者的入侵，这样的“我”是极不安全的。进而言之，恰恰因为有外界和他者的存在，早期的那种包罗万象的“我”，尤其是晚期《城堡》试图追求的那种代表绝对真理的唯一世界——易言之，巴别塔——是注定不能完成的，也是不可持续的。

在晚期作品的阐释中，某些西方学者试图把《地洞》中的恐惧感与卡夫卡写作时的身体状态联系起来，认为这种大动物隐隐约约的逼近反映了他身体内部肺病的逐渐恶化[241]。这样的解释有一定的道理。但是，如果仅仅满足于用生平传记的事实去说明小说的复

---

[238] 卡夫卡：《地洞》，《卡夫卡全集》第 1 卷，叶廷芳主编，叶廷芳译，第 498 页。

[239] 卡夫卡：《地洞》，《卡夫卡全集》第 1 卷，叶廷芳主编，叶廷芳译，第 472 页。

[240] 卡夫卡：《地洞》，《卡夫卡全集》第 1 卷，叶廷芳主编，叶廷芳译，第 504 页。

[241] 例如英国学者罗纳德·海曼。他在《卡夫卡传》中持这一观点：“卡夫卡把动物面具紧贴在讲述者的脸前面，这样就掩盖了一个等式：疾病 = 动物的致命的敌人：‘我在我家里的最深处和和平平地生活着，而在这期间不知从何处进来的对手缓慢无声地朝我钻过来’。”参见罗纳德·海曼：《卡夫卡传》，赵乾龙、许宽华、胡建新、李礼译，作家出版社，1988 年，第 427—428 页。

杂文本，那么，需要补充的是，这种解释绝非唯一的途径。因为小说中的那只逼近的动物既可以指疾病，更可以指其他很多东西。我们倾向于认为，小说所讲的其实是：一个“巴别塔”，即使是一个地底下的巴别塔，抑或一个完满的理想世界，是不可能成立的。因为在这个理想世界之旁，出现了“曲曲”的掘土声音；这是一种无名的声音，是令人恐惧的声音，他者的声音。

《地洞》在卡夫卡晚期作品里再一次肯定了一种认识：一个同一性的、完满的世界，在人世间无法真正建立。换句话说，《城堡》虽然存在着一种绝对的真理视角，试图产生对世界的统一看法；但是，鉴于《城堡》那包容三种视角的复杂性，这种看法不应该被强化、整合为排斥其他声音的唯一声音。《地洞》再次证明了复杂世界的存在。但需要指出，卡夫卡的晚期小说绝非仅仅是某种抽象哲学观点（如“他者”哲学）的证明，而始终以某种独特的发现为基础——着眼于对于自我与他者之间边界的突破与交汇。从某种意义上说，整部小说给予人的那种紧张感，就产生于他者世界在不断地逼近乃至突破自我世界时的那种僭越，以及这种僭越所带来的强烈的兴奋感。

这也是该小说能给予读者以一种重要刺激的原因：当外在的

卡夫卡的晚期小说绝非仅仅是某种抽象哲学观点（如“他者”哲学）的证明，而始终以某种独特的发现为基础——着眼于对于自我与他者之间边界的突破与交汇。从某种意义上说，整部小说给予人的那种紧张感，就产生于他者世界在不断地逼近乃至突破自我世界时的那种僭越，以及这种僭越所带来的强烈的兴奋感。

世界接近自我时，它意味着一个虽然完满却自我封闭、死气沉沉的世界，正面临着一种新的挑战和可能。也是在他的晚年，卡夫卡在日记中写道，他内心里有两个世界在发生冲突，有两个时钟的点走得不一样；内心的时钟走得比较快，外面的时钟走得比较慢。这反映了卡夫卡一直具有的一个冲突：醉心于写作的内心世界与外部世界的不同一性；随即，卡夫卡笔锋一转，写到文学对他而言意味着什么：

> "追逐"只是一种幻象，我也可以说是"对最后尘世极限的冲击"……这整个的文学就是对极限的冲击。[242]

什么是"尘世的极限"？即我们所认可的日常世界的领域，一个由正常的钟表统治着的、平淡无奇的世界。在1914—1917年间，卡夫卡与未婚妻最大的龃龉之一，即在于他的未婚妻总想调准卡夫卡的表，要他按照日常的时间生活。写作既然被理解为是向这个尘世极限所发起的冲击，那么，是往哪个方向冲击呢？怎样才能突破尘世的边界？突破究竟意味着什么呢？意味着他者的出现。

我们发现，卡夫卡的写作（包括小说、日记、寓言和格言）频繁出现的一类意象，是对于路、窗户、门或阁楼等交汇或隐秘空间的异乎寻常的关注。他的很多小小说干脆就是围绕着这些意象经营的。例如，交战的小巷深处会走出一个长翅膀的老头（《巷战》）；一个叫汉斯的小孩在阁楼上发现了一个陌生人（《在阁楼上》）；"我"

[242] 卡夫卡：1922年1月16日日记，《卡夫卡全集》第6卷，叶廷芳主编，孙龙生译，第440页。

在死人的墓穴做客，还邂逅了一位活着的女仆（《在墓穴做客》）；一具刚刚完工的棺材里，突然出现了猛烈的敲击声（《棺材》），等等。一篇名为《绿龙的造访》的小小说则写道：“门开了，绿色的龙进入房间里，精力充沛，两边圆滚滚的，没有足，用全部下部挪动进来。我请它全身进来。它表示遗憾说，它太长了，所以没法办到。于是不得不让门就这么开着……”这是一条很和善的绿龙——我们可以把它理解为《地洞》中那只始终未曾谋面的“巨兽”的现身——它向“我”解释了它之所以来临的目的：“由于你的渴望的感召，我从远方爬了过来”，以至于“我身体下面都已擦伤了。可是我情愿。我乐意前来，乐意向你展示我”[243]。这条绿龙来自另外一个世界，一个似乎远古的混沌世界；它的现身使这个尘世顿时变成了远古。但这恰恰是卡夫卡所致力于达成的效果，即突破尘世的极限。另一篇著名小说《乡村医生》（1917）则写道，一个大雪纷飞的晚上，乡村医生要去远方就诊，但是没有马车可乘；这时突然从猪圈里出现两匹强壮的马，使他走上了一条不归路。“这个上了年纪的老人赤裸着身体，坐在尘世间的车子，驾着非人间的马，到处流浪。”[244] 从猪圈里突破出来的马（“非人间的马”），是一种他者的象征。

这条绿龙来自另外一个世界，一个似乎远古的混沌世界；它的现身使这个尘世顿时变成了远古。但这恰恰是卡夫卡所致力于达成的效果，即突破尘世的极限。

[243] 卡夫卡：《绿龙的造访》，《卡夫卡全集》第 1 卷，叶廷芳主编，廷芳、黎奇译，第 532 页。
[244] 卡夫卡：《乡村医生》，《卡夫卡全集》第 1 卷，叶廷芳主编，孙坤荣译，第 163 页。

《诉讼》中的约瑟夫·K.亦然，他是在自己的家里遭遇了不期而遇的事情：被两个陌生人宣布逮捕了。事情往往是借助于门、走道和窗户而发生的。作为两个空间交汇的场所，它们意味着多义性的存在。这些场所本身的存在，使作品被排除了按照整一的逻辑进行释义的可能。

需要认识的是，在卡夫卡那里，这种他者的声音不仅仅是恐惧的对象，更是赋予卡夫卡以巨大快乐的事物。1922年，在给老友马克斯·勃罗德的一封信里，卡夫卡讨论了写作究竟是拯救还是毁了自己这一终身缠绕着他的问题，当然他最终肯定写作拯救了自己，因为如果不写作的话，他就会以发疯或自杀而告终；但是，他那么投入地献身于写作，写作到底给他回报了什么呢？卡夫卡说，他后来发现，写作所获得的其实是给魔鬼效劳的一种回报。因为他在写作中不断地进入一个非日常的、黑暗的和多重的世界中，等于进入一个魔鬼和幽灵盘踞的世界。那个世界是绿龙、原始的马、一半是羊一半是猫的动物的世界，一个由异常而不是由日常的逻辑管辖的世界。他在那个世界替魔鬼效劳，把魔鬼都释放到这个世界中来，而魔鬼所给予他的报酬就是他从中享受到的巨大的快乐[245]。他者，多义性和非同一性世界的出现，是卡夫卡最晚期写作最重要的特征。

《地洞》的写作回到了这样一个问题：他者的世界是不可取消的。

---

[245] 卡夫卡：1922年7月5日致马克斯·勃罗德的信，《卡夫卡全集》第7卷，叶廷芳主编，叶廷芳、赵乾龙、黎奇译，河北教育出版社，1996年，第485页。

绝笔之作

《女歌手约瑟芬或耗子民族》(也译作《约瑟芬，女歌手或耗子的民族》) 写于 1924 年 3 月。这是卡夫卡的天鹅之歌——他的绝唱，也是卡夫卡所有写作中最难以索解的一篇。小说中的某些特征是他以前的作品中从未出现过的；当然，也存在着与以前作品的连续性。我们先看一看其连续性。

小说的主人公是女歌手约瑟芬，“约瑟芬”(Josephine) 在德语中是阳性人名“约瑟夫”(Josef) 的阴性形式。我们应该记得，《诉讼》中的著名主人公就叫“约瑟夫 · K.”；而卡夫卡所居住的布拉格犹太人区也叫“约瑟夫区”。根据卡夫卡作品主人公命名的规律，他或是摘取自己名字的相关部分，例如《美国》中的 Karl、《诉讼》中的 Josef K. 和《城堡》中的 K. ；或者使用与自己名字相同的构词法，如 Georg 与 Franz、Samsa 与 Kafka 的构词方式，来为自己的主人公命名。1917 年所写的小小说《猎人格拉胡斯》，其中的意大利语人名“格拉胡斯”(Gracchus) 与捷克语 Kafka 一样，都是“穴鸟”之意 (卡夫卡的父亲赫尔曼 · 卡夫卡的商店的标识就是一只穴鸟)，因而是卡夫卡自己的转喻。尽管“女歌手约瑟芬”的形象与卡夫卡笔下的其他主人公似乎风马牛不相及，但“约瑟芬”名字的写法却隐约透露了与前此小说的互文关系。主人公的命名仍然保留着与作者的惯常隐喻，这是第一点。

第二点，故事围绕一个艺术家 (女歌手) 展开，而这又与卡夫卡以前的小说拉上了关系，例如《饥饿艺术家》(1922) 和更早一些的《致科学院的报告》(1917)。前者顾名思义是关于“艺术家”的；后者则涉及从猴子变成了人的杂耍艺术家。艺术家成为卡夫卡所热衷的主题，显然与他自己作为作家的身份相关。从以上两点来看，该小说与卡夫卡的前作或多或少有些联系。

但是，《女歌手约瑟芬或耗子民族》与前作最大的不同，体现在小说叙事角度的根本差异上。卡夫卡大部分重要的小说都预设了主人公视角（无论是第一人称还是第三人称），而且小说的叙述人与主人公的视角往往是同一的；而在该小说中，卡夫卡小说中第一次公开出现了叙述人与主人公之间的明确分裂：叙述人是第一人称“我”所代表的约瑟芬所在的“耗子民族”，但“我”并不是主人公，而仅仅是一种眼光，一种投向主人公、评价并揣测主人公行为和意图的眼光，而小说的主人公约瑟芬则成为一种不透明的存在，成为叙述人和读者评论、揣测和认知的焦点。这种叙述关系事实上形成了一种剧场效果，其中叙述人和读者是观众席上的观众，而约瑟芬则是舞台上的演员。小说叙事的中心则集中在约瑟芬独特的歌唱方式，集中在观众对于这种歌唱方式的质疑、考察和评判上。

在该小说中，卡夫卡小说中第一次公开出现了叙述人与主人公之间的明确分裂：叙述人是第一人称“我”所代表的约瑟芬所在的“耗子民族”，但“我”并不是主人公，而仅仅是一种眼光，一种投向主人公、评价并揣测主人公行为和意图的眼光，而小说的主人公约瑟芬则成为一种不透明的存在，成为叙述人和读者评论、揣测和认知的焦点。

约瑟芬的口哨

约瑟芬是某个（小说中叙述人所代表的“我们”）民族的著名歌手。虽然她遐迩闻名，但她的歌唱方式并不特殊；这种方式与老百姓闲着没事吹口哨差不多——甚至于她就是在吹口哨，跟人们自娱时所吹的口哨完全没有区别。小说的叙事即从一连串问题开始：这位约瑟芬的歌唱到底是不是歌唱？她会不会其实是在吹口哨？我们知道，从某种事实（或问题）出发然后展开反思，这正是卡夫卡结构其文本的特殊方式；情节则起到回答问题的作用。问题集中在：约瑟芬所吹的口哨是不是一种歌唱艺术呢？这一问题显然与饥饿艺术家不同：对后者来说，他的艺术就是展示其不断抵抗饥饿的能力，这并没有歧义；但是在本篇中，尽管有很多人认为，约瑟芬之所唱其实不外乎吹口哨，可是，为什么这种口哨居然吸引了那么多人？而且，小说提到，约瑟芬的这种艺术不能单单靠听，而且还要在现场看到她唱；你一看就知道她的歌唱与吹口哨不一样。小说的叙述人说，如果你在场，你就会发现，她“发出的声音恰恰不只是口哨声”；对此，叙述人打了如下的比方：

> 要了解她的艺术，不仅需要听她唱，而且还要看她唱。即使这只是我们日常吹出的口哨，但在这里它却首先给人一种奇特的印象，即某人装出一副郑重其事的样子，但他所做的无非是一件极为普通的事情。敲开一个核桃确实算不上是一种艺术，因此也没有哪个人敢于召集观众，在他们面前表演敲核桃，以此来为他们解闷。要是有人居然这么做了，而且如愿以偿，那么这就不能仅仅看作为单

纯的敲核桃了。或者就算是敲核桃吧，但结果只会证明我们忽略了这门艺术，因为我们毫不费劲地就掌握了这门艺术，同时还证明，正是这位敲核桃的新手第一次让我们看到了敲核桃的真正诀窍，假如他敲核桃不如我们中的大多数人那么熟练的话，那效果反倒更好呢。[246]

为什么判断约瑟芬的口哨是否是艺术，需要以看到她的演唱为前提？卡夫卡解释说，这就像有人敲核桃一样：敲核桃本身不是一门艺术；可是，一旦有人郑重其事地向人表演敲核桃，那么，这种在众目睽睽之下的表演，其性质就不同了。因为正是在表演中，敲核桃的那个人“第一次”让我们“看到了”敲核桃的真正诀窍——敲核桃在此就变成了一门艺术。这到底是什么意思？敲核桃与敲核桃的艺术究竟有什么区别？整部小说中最有意思的地方就在这儿，其中体现了卡夫卡写作中前所未有的新追求。这让我们想起两个相关事例。第一个例子涉及卡夫卡的一句格言（属于 1920 年《他》中的一段），涉及一种独特的人生哲学：

是这么回事儿：许多年以前，有一天我十分伤感地坐在劳伦茨山的山脊上，回顾着我在这一生中曾经有过的愿望。我发现其中最重要或者最有吸引力的愿望是获得一种人生观……这种观念要能够做到——虽然人生仍保持其自然的大起大落，便能相当清晰地看出它是一种虚无，一场

---

[246] 卡夫卡：《约瑟芬，女歌手或耗子的民族》，《卡夫卡全集》第 1 卷，叶廷芳主编，洪天富译，第 235 页。

> 梦，一阵晃动。假如我真正对它有过愿望，那它也许是一个美好的愿望。就像这么一种愿望：以非常正规的手工技艺锤打一张桌子，而同时无所事事，但并不能把这说成是，“锤打对于他来说是虚无”，而是：“锤打对他来说是真正的锤打，但同时是一种虚无”，一经这样的解释，这锤打就会进行得更勇猛，更坚决，更真实，假如你愿意，也可以说更疯狂。[247]

从表面上看起来，上述这段话似乎已经预示了《女歌手约瑟芬或耗子民族》中的情节：正如人生一样，“我”所锤打的桌子既是一种虚无，同时又是一种真实。这意味着，卡夫卡所追求的人生观要用最勇猛精进的方式，以度过实际上如同“一场梦，一阵晃动”那般虚妄的人生；这就好像你身下的桌子根本就不存在，但你却要认真地把你的每一次锤打都当成是真正的锤打，并使你的锤打远远超越任何真正的工匠，变得“更勇猛，更坚决，更真实和更疯狂”。这似乎与约瑟芬的演唱差强仿佛：在故事里，约瑟芬明明是在吹口哨，但是，约瑟芬却是按照唱歌的方式来演唱的，这便使得吹口哨本身变成了不仅仅是吹口哨，而是也变成了一种真正的艺术。

然而，对叙述角度的分析显示了二者之间的根本差别。《他》中的格言仍然属于主人公视角，读者通过“我”的叙述马上进入到主人公的内心世界，即他的人生观；这种人生观所表达的仍然是主人公的意愿和态度，并没有得到客观环境的评判和认可。《女歌手

---

[247] 卡夫卡：《他》，《卡夫卡随笔集》，第 91—92 页。

约瑟芬或耗子民族》则截然不同——正如前言，它的叙述角度展开于观众对于演员表演的观看、评价乃至怀疑之间；而它的问题则可以正确地表述为：在一个剧场中，在观众眼里，约瑟芬所吹的口哨究竟是不是艺术？这一问题把我们引向另外一个事例——同一时期稍早一些，纽约艺术界所发生的一个重要事件。

1917年，在纽约军械库举办了一个现代艺术展览。一位法国艺术家把一件男用小便器先按90度翻转，再以180度转身，然后安放在展厅内，并为之取了一个颇具诗意的名字“喷泉”(*La Fontaine*)。这件带有强烈挑衅和冒犯色彩的小便器是艺术家直接从一家商店购买的，艺术家只在上面署上了“穆特”(R. Mutt)的签名，就把它提交给了展览委员会。但这位艺术家的真名并不是“穆特”，而是“马塞尔·杜尚”(Marcel Duchamp)。这件现成物当即引起了舆论的轰动，而在2004年的今天，更被全球艺术界的五百权威，公选为20世纪最有影响力的艺术作品。事实上，杜尚在这件事上所做的全部工作，仅仅是从商店买了小便器之后，把它放在展厅里，并为之署了一个假名。那么，在这件改变了艺术史观念的物品上，究竟发生了什么？它难道不就是一个小便器吗？这与约瑟芬的故事异曲同工：约瑟芬不就是在吹口哨吗？而吹口哨怎么能是艺术呢？可问题在于，当你在现场，当你看见约瑟芬吹口哨的时候，你明明发现，约瑟芬并不仅仅是在吹口哨，而是在表演美妙的音乐！这中间究竟发生了什么事？同时代艺术批评家往往倾向于用现代美学的术语来答疑解难，最典型的例证莫如1918年《法兰西水星报》(*le Mecure de France*)上的一篇评论所言：“我们所看到的仅仅是抽水马桶或所谓喷泉的优美曲线，这是因为，理查德·穆特先生意欲在纽约独立艺术家协会的艺术家面前展示的那件东西，具有某个佛陀坐像的外形。”[248] 根据这种看法，一件普通的现成物之所以被当作艺术作品，在于当它于展厅展出时，其日常用途被中止，而其外形之美则在观众面前第一次被凸显。根据同样的逻辑，约瑟芬以特别郑重其事的演唱方式，让所有观众第一次关注到了吹口哨这件事的美妙；这就好像一个人当着大家的面非常庄重地敲核桃，使大家第一次意识到，敲核桃这件事非同小可，居然还是一门艺术。这样一种阐释借用了同时代达达主义、行为艺术的语言，有一定道理。但需要指出的是，即便如此，这种行为艺术理论也是卡夫卡于 1924 年，在显然完全不了解同时代艺术运动的情况下，在文学领域独立提出的。

但话没有完：吹口哨究竟如何变成一门艺术？用逻辑的术语说，吹口哨这件事是 A，艺术这件事是 B；问题在于：A 是 A，B 是 B，A 在何种条件下变成了 B？从 A 到 B，涉及的是新意义的生成。这必然涉及卡夫卡对于约瑟芬歌唱这件事情的终极意义的看法。在本书第六章中，我们曾经指出，卡夫卡写作中存在着三种意义模式或者“值”，“值”在这里代表着卡夫卡看待世界的方式和对世界的终极看法。卡夫卡的第一种意义模式是“二”，意味着真理是二元对立的；用符号来表示，可以说真理是 A 或者是 B。第二种意义模式是“三”，意味着真理即在于超越二元对立的领域；用符号来表示，可谓真理既不是 A，也不是 B，而是 C 或者 D……卡夫卡晚期作品中还出现了第三种意义模式，这种模式代表着绝对真理“一”；用符号表示，可谓真理即 A。但是，在约瑟芬的例子上，

[248] 原文为：《on n'a pas remarqué que le galbe des cuvettes ou fontaines du genre que celle que M. Richard Mutt voulait exposer aux Indépendants de New York affecte la forme d'un Bouddha accroupi》, 参见 http://fr. Wikipedia. org/wiki/Fontaine_(Duchamp)。

这三种意义模式显然均不够敷用。卡夫卡似乎是在这里探寻一种完全新的意义。这种意义可以表述为：A 是 A，A 同时是 B；或更准确地说：X 是 A，X 同时是 B——X 在此表示一个未知数，一个从未出现过的新东西。

那么，一个从未出现过的新东西是什么？按照一般的观念，一个新东西即一个与旧东西不一样的东西——这种不一样就是差异：在这里，新与旧是相辅相成的。但是，这样一种新／旧关系是一种对立的、正反的关系；有了旧就有了新。我们记得，卡夫卡曾经说过他讨厌反题，因为反题离正题太近了：它近在身边。那么，约瑟芬的歌唱是艺术吗？我们假设，如果约瑟芬提供给观众的是一种美妙无比的歌唱，那么，可以想象，这显然是按照歌唱正常的含义去评判约瑟芬具体的歌唱，包括她在歌唱中提供的新的含义。但是这样一种新，其实是跟常态紧密地捆绑在一起的。从这个角度来理解，无论约瑟芬唱得如何优美，她之所唱仍然是歌唱；无非是一种新的歌唱，即比老的歌唱在技法或风格上有所更新，但它并没有摆脱逻辑上歌唱的窠臼，所以似乎也并不那么新。就此而论，上述批评家从现代美学角度，对杜尚的现成物所提供的阐释，似乎亦不得要领。因为他们是按照一种旧的艺术概念（审美特征）来阐释一种全新的东西。那么，究竟什么是全新的东西呢？一个合乎逻辑的回答是：全新的东西看上去很可能是不新的；一个看上去不新的东西很可能是真正新的。这里涉及丹麦

这种意义可以表述为：A是A，A同时是B；或更准确地说：X是A，X同时是B——X在此表示一个未知数，一个从未出现过的新东西。

哲学家克尔恺郭尔的哲学观点。

在《哲学片断》(*Philosophical Fragments*，1844) 一书中，克尔恺郭尔以耶稣为例来说明他对于“绝对的悖论”的看法。在他看来，上帝即“未知者”(the Unknown)；作为“未知者”的上帝是人的理性所不能分辨的，因而它是“绝对的差异”(the absolutely different) [249]。然而，“正因为它是绝对的差异，故它缺乏任何可以辨识的标记”[250]。“绝对的悖论”即在于，某个人与常人全无不同，他甚至“连枕头之处也没有”，但“他却是上帝”[251]。一个真正新的人是谁呢？不是一个彻头彻尾反传统的人，不是一个提出了对世界的全新看法的人，而是一个常人，一个我们不认识的人。他举的例子即耶稣。在基督教神学中，耶稣的位格一直具有神-人的双重性。一方面他是一个神，另一方面他是一个人。作为上帝之子，他是神子；作为圣母玛丽亚之子，他又是人子。耶稣在伯利恒这个地方作为一个人诞生，喝着人奶长大；出生第八天做割礼时，他像任何一个婴儿一样哇哇大哭；到 30 岁时，又作为一个人被钉死在十字架上；在十字架上，他与其他犯人一样流血流泪，饱经痛苦；

一个真正新的人是谁呢？不是一个彻头彻尾反传统的人，不是一个提出了对世界的全新看法的人，而是一个常人，一个我们不认识的人。

[249] Soren Kierkegaard, *Philosophical Fragments*, originally translated and introduced by David F.Swenson, new introduction and commmentary by Niels Thulstrup, translated revised and commmentary translated by Howard V. Hong, Princeton University Press, 1962, p.55.

[250] Soren Kierkegaard, *Philosophical Fragments*, p.55.

[251] Soren Kierkegaard, *Philosophical Fragments*, p.39.

他甚至于还在临终之前抱怨：我的上帝，我的上帝，你为什么离弃我！然而，他的门徒们却倾向于认为，他们的救世主是可以辨识的新人。作为这样的新人，他虽然在十字架上受难，但他并不会真的感到疼；他在十字架上肯定不会死去，因为他是神；相反，他一定会在十字架上大显奇迹，带领信徒们去摧毁罗马帝国，在人世建立一个新的王国。这是门徒们所想象的耶稣的新；然而，耶稣采取的方式却是作为一个人卑微而死——这让门徒们大感困惑[252]。当然，三天之后耶稣复活了。耶稣是作为一个神复活的；他之所以能够复活，则因为他还是神，他身上除了人性之外还有神性。

在克尔恺郭尔看来，真正的"新"并非一切我们所理解的"新"，其实质即等同于"未知物"，等同于"上帝"。耶稣这个形象之所以是"新"的，是因为上帝以匪夷所思的化成凡人命运的方式出现于世，这才是真正的"新"。而任何一种所谓的"新"，却总是因为与旧东西捆绑在一起，反而是"旧"的。用卡夫卡的话来说，它们作为反题，其实与"旧"近在咫尺。从这个角度来看，约瑟芬案例的意义就在于，她在吹口哨的同时又不是在吹口哨，而是在表演艺术；从吹口哨到艺术是意义的增殖和生成。真正的艺术不是任何一种新的唱法，而是不被当作艺术的吹口哨。其实，这涉及用一种完全新的眼光来重新看待一个完全旧的东西，而不是用一种新的眼光来创造一个完全新的东西。我们需要认识到，一个旧的东西之所以被认为是旧的，是因为它与一套旧的意义系统相连；根据这样一种意义系统，任何新出现的东西其实仍然不外乎

[252] 关于耶稣门徒对于耶稣作为弥赛亚（救世主）的期待，以及他们对于耶稣在受难期间所表现出来的一如凡人的软弱与无能的不理解和失望，参见远藤周作：《耶稣的生涯》，徐斌、陶万广译，吉林文史出版社，1988年。

是旧的。相反，当一个旧东西被从一个完全新的角度去看时，它却可能意味着一个完全新的东西。这是因为，新意义并不是按照物品外在风格样式的新旧递嬗而产生的，而是突然整体改变、整体颠覆，伴随着新的意义系统的瞬间生成。约瑟芬的口哨从来没有被当作艺术看待，是因为从来没有一个新的意义系统如此看待过约瑟芬的口哨。当它第一次在剧场这样一个仪式化的空间，以极其庄重的方式响起的时候，我们会发现，这样一个声音片断被从原有意义系统中抽离出来，在剧场所提供的新的意义系统中漂浮，从而获得了新的意义；当一个日常的东西根据一个新的意义系统去看时，它就变成一个完全新的东西。同样，杜尚的现成物之所以会在艺术史中具有划时代的意义，是因为它在颠覆一个旧的意义系统的同时，孕育并促使了一个新意义系统的生成。这个新意义系统在逐渐合法化的过程中，一方面彻底改变了我们对于艺术的传统观念，另一方面——更为重要的是——培育了新的艺术游戏方式，并使杜尚之后的当代艺术史成为可能。用俄罗斯媒体理论家格罗伊斯（Boris Groys）的话来说，杜尚的现成物上面其实重叠着克尔恺郭尔的上帝的身影："杜尚的《喷泉》可谓某种事物中的基督，现成物艺术则可谓某种艺术中的基督教。"[253] 这说明，即使是当代艺术的实践和理论，同样充满了基督教观念和思想深刻影响的痕迹。

那么，应该如何看待卡夫卡小说中出现的与之极其类似的思维路径？毋庸讳言，卡夫卡曾经受到过克尔恺郭尔思想的重大影响。他在日记和书信中不止一次地谈到自己与这位丹麦思想家的亲近与

[253] Boris Groys, *On the New*, http:www.uoc.edu/artnodes/eng/art/groys1002/groys1002.html.

相像，认为他与自己处在“这个世界的同一边”[254]，或是“一位邻居”[255]；1917—1918年间是卡夫卡认真研读克氏著作的一年，他与朋友的往来书信显示，这一时期他读过的克氏著作不下五种[256]。尽管没有迹象表明卡夫卡曾经读过《哲学片断》，但克氏的思维理路显然为卡夫卡所十分熟悉；他这一时期突然大量出现的格言，在写作时间上亦恰好与研读克氏同步，可以被认为是与后者精神对话的结果。但即便如此，说克氏该书中的哲学思想在六年之后直接转化成为卡夫卡小说中的人物和情节，这种推理仍嫌太过。正如我们曾经指出，卡夫卡《城堡》中的蕴涵较之马克斯·勃罗德的哲学图解要远为复杂和丰满；这一次我们同样没有理由相信，卡夫卡会在自己更为成熟的绝笔之作中，去再次尝试用文学图解克尔恺郭尔的抽象思想——至少这是难以令人信服的。

我们毋宁认为，上述思路是作为精微思想家的卡夫卡晚年思想的一种合乎逻辑的发展。在前文中，我们讨论了《地洞》中蕴涵的他者不可取消的思想；那由“曲曲”声所代表的他者是一个X，即一种未知物。而在《女歌手约瑟芬或耗子民族》中，这种未知物以一种出人意料的方式突然出现在观众／我们的面前。用符号形式表示，前者可谓：X既不是A，也不是B；后者：X既是A，也是B。二者以积极和消极的方式，共同肯定了X的未知、X的神秘和X

[254] 卡夫卡：1913年8月21日日记，《卡夫卡全集》第6卷，叶廷芳主编，孙龙生译，第259页。
[255] 卡夫卡：1918年3月致马克斯·勃罗德的信，《卡夫卡全集》第7卷，叶廷芳主编，叶廷芳、赵乾龙、黎奇译，第296页。
[256] 在1918年3月致马克斯·勃罗德的信中，卡夫卡提到的克尔恺郭尔著作包括《非此即彼》、《恐惧与颤栗》、《重复》、《人生的三个阶段》、《瞬间》和一部研究克氏的著作《克尔恺郭尔同“她”的关系》。参见卡夫卡：1918年3月致马克斯·勃罗德的信，《卡夫卡全集》第7卷，叶廷芳主编，叶廷芳、赵乾龙、黎奇译，第295—296页。

的自由——在终极意义上，可以归结为上帝和世界的不可穷尽性。

卡夫卡的晚期作品呈现出独特的音色：《地洞》中动物的探洞是一种声音，《女歌手约瑟芬或耗子民族》中歌手的口哨也是一种声音，但两者听上去是截然不同的：前者让人恐惧，后者却令人销魂。

临终遗言

最后就是卡夫卡一生的大结局了：他的临终遗言；他的临终遗言也是一种声音。

就在完成《女歌手约瑟芬或耗子民族》的当天晚上，卡夫卡在喝果汁时，感到“喉咙有一种奇妙的烧灼感”[257]；不久，当他的朋友来看他时，他已经不会说话了，“只是友好而默默地笑了笑，那是一种从孩提时代就伴随着他的微笑”[258]。1924 年 4 月，他住进了维也纳的一所疗养院，并被确诊为喉头结核。

最后的岁月中，一直有两个年轻人陪伴着卡夫卡。一位是他的崇拜者，二十出头的医科大学生罗伯特 · 克洛普施托克；卡夫卡发病以后，罗伯特甚至想中断自己的学业，留在卡夫卡身边照顾他。另一位是卡夫卡的新女友多拉 · 迪阿曼特，也是一位二十出头的女孩。卡夫卡的病情发展得很快，以至于吃不下任何东西——他成了一位名副其实的“饥饿艺术家”。但此时他特别喜欢看到鲜花，闻水果的香味，甚至希望别人当着他的面喝果汁，这反映了卡夫卡对

[257] 参见罗纳德 · 海曼：《卡夫卡传》，第 433 页。
[258] 参见罗纳德 · 海曼：《卡夫卡传》，第 433 页。

于生活的留恋。5月，卡夫卡甚至向多拉的父亲写信求婚，但不久就收到了一封回信：他被拒绝了。

6月3日这一天，他呼吸特别困难；到了凌晨4时，卡夫卡倍感痛苦，就央求罗伯特给他注射吗啡。打了两针之后，又让罗伯特接着打，说："您把我弄死算了，不然您就是凶手。"

弥留之际，卡夫卡在朦胧之中看到罗伯特向他靠近；他以为是妹妹，就说你赶紧走吧，不要挨得那么近。显然他是怕自己的妹妹传染他的病。

当罗伯特稍稍离开他，便出现了以下对话：

"您不要走"，卡夫卡说。

"我不会走的"，罗伯特回答。

——于是，传来了卡夫卡最后的遗言：

"但我得走了。"

一方面要人离开他，另一方面又要人别离开他；当别人真的不走时，他自己却走了。

这是卡夫卡留在人世间的最后的声音；这也是卡夫卡用生命书写的最后一则寓言。

结 语
Conclusion

出生前的踌躇

在晚年的一则日记里，卡夫卡写道：

> 如果存在着灵魂的轮回，那么我还没有处在最低的阶段，我的生命就是这出生之前的踌躇。[259]

在另外一处格言中，卡夫卡解释了“踌躇”的意思：

> 目的确有一个，道路却无一条；我们谓之路者，乃踌躇也。[260]

正如东方世界中灵魂的轮回，正如旅人脚下向四方蔓延的道路，在终极意义上，卡夫卡的文本与其人生一样，都近乎偏执地热爱这种富于包孕性、可能性的瞬间，热爱这种“出生前的踌躇”。

作为一个多义性交汇的空间，一个意义歧出的场所，“出生前的踌躇”高扬了暧昧和矛盾的价值。这种暧昧和矛盾规定了卡夫卡

[259] 卡夫卡：1922 年 1 月 24 日日记，《卡夫卡全集》第 6 卷，叶廷芳主编，孙龙生译，第 447 页。译文略有修改。
[260] 卡夫卡：《卡夫卡随笔集》，第 6 页。

写作的最显著的特色：他的作品没有完成，也不能完成。而他的作品之所以不能完成，是因为他无法、也不愿意用一种统一的意义，把差异和矛盾强制地整合为一体。

但是，卡夫卡用他的失败证明了一个道理，证明了一个非同一性世界的存在。作为文本，卡夫卡的作品保留着一系列冲突和矛盾的痕迹，正是这种痕迹把我们引向一个真正的世界、一个真实的世界。从这一角度而言，我们不妨承认，当年卢卡奇在罗马尼亚监狱里所说的那句话，是千真万确的——“卡夫卡到底还是个现实主义作家”。

1990—2005—2011

后　记

这是一本出乎意料的书，它的完成不在我的计划内。长达二十年的时间，书中的大部分内容只以笔记本手稿的形式深藏于抽屉中，仿佛被覆盖起来的记忆的灰烬或者无意识。我的周围，除了最亲近的一二朋友，没有人知道我曾花过多年时间研读卡夫卡；更没有人知道，在几乎二十年之后，一部与我的专业完全不相干的书，一部关于文学和作家的书，会以我的名义出版。

事实上，这部书是三个阶段的产物。

书的基本思路和大部分内容均形成于 1990—1991 年间，但并非以目前呈现于读者的方式。在基本理路上，这部刚出版的新书其实是上世纪的旧作，也就是说，我对于卡夫卡的整体看法定型于上世纪 90 年代，迄今没有多少改变。但在表述形式上则不。90 年代的手稿采用了当时译著中较时髦的“哲学随笔”体（在写作时，多少会有舍斯托夫的《旷野呼告》、《在约伯的天平上》，加缪的《西西弗的神话》这类写作的影子）；这类写作热衷于以穿透性的直觉引导叙述，凝练主题词并以之结构段落，而非以章节或历史年代为序，形式长短不拘，不遵循学术论文的套路和规格，亦不以这种不遵循为忤。这部分旧稿长达 8 万余字，却被拘束于同一主题下（冠以“卡夫卡的写作与作家卡夫卡”的标题）；其中，卡夫卡的大部分代表作都得以讨论，但因为主题的限制而详略失当——有的过于充分，有的则远未能展开。在形式上，尽管本书九个部分均出自原稿的大文本，是对于后者的重新切割、丰富和合理化，但只有第一章和第四章完整保留了当年的原貌。尤其是第一章，不仅原稿的总标题，而且其“哲学随笔”的性质亦得以充分保留。这一部分虽然不涉及卡夫卡的具体作品，但鉴于所讨论的专题（写作与卡夫卡之关系），对于了解本书主旨至关重要，故采取了作为总论放在最前面的方式。第四章则稍有不同，它那更似学术论文的包装源自 1991 年的一次特殊需要，源自当时社科院哲学所筹划的一本思想类学术刊物，其策划人之一——我的朋友肖阳——向我约的稿。刊物最终没有办成，另一位策划人周国平说可以推荐到《读书》发表，后来就杳无音讯了；而我从周先生那里取回原稿，已在几年之后。

中间差不多又是十几年的间隔。这些年中，以上世纪末和本世纪初两次赴法研学为机缘，我的学术志趣逐渐从文学转移到美术，尤其是从理论转移到历史；随着研究对象与自我关系的日渐疏远，卡夫卡遂成为某种更具私人性的东西，如同弗洛伊德的 id（拉丁文的第三人称单数“它”），沉淀在意识深处，几乎被遗忘了。2004 年年底回国，不久，因为我所任教的中央美术学院人文学院要为全院开设系列新选修课，而负责公共课的人文学院副院长刘军教授（诗人西川），非常希望各专业系的教师能有所承担；当时，在文化遗产学系从事教学科研、满脑子古旧事物的我，遂于此种情况下，回忆起自己十几年前曾有的卡夫卡前缘，遂不自量力，承担了这门自名“卡夫卡研究”的公共课。

课程于 2005 年 5—6 月间开设，共 7 讲 8 次（最后一次为作业讲评），授课对象是中央美术学院各院系的一百多位本科生。备课期间，翻箱倒柜找出十几年前的旧册，面对泛黄洇连的字纸，恍如隔世；我妻子随即帮我把旧稿整理为电子文档，而我则再次通读了卡夫卡的主要著作，并为讲课准备了十分周详的提纲——与90年代初只能借助于卡夫卡著作的各种零星中英译本不同，这次则在最大程度上利用了叶廷芳先生主编并于1996年出版的十卷本《卡夫卡全集》。这就帮助解释了书中章节的引文出处存在不统一的原因：使用零星译本的无疑是旧稿，使用《全集》本的则是2005年之后的新稿。但新稿与旧稿最大的不同更体现在叙述行文的方式上。也就是说，旧稿在写作时具有秘不示人的性质，新稿则完全基于在课堂上的公开讲授；旧稿的写作可以不顾及读者，但新稿则完全是为读者（首先是听众）存在的。尽管在讲课时我使用了“卡夫卡研究”的标题，尽管我在课上多次强调，不以研究为基础，对于卡夫卡作品之赏析是根本不可能的；但在我心目中，课的讲授始终具有“导读”的性质——我希望把卡夫卡像一位朋友那样介绍给更年轻的朋友。而我的目标之所以可能，则主要是由卡夫卡作品之性质决定的：恰如我在导言中所说，鉴于卡夫卡作品兼具体验的切身和思维的精微的双重性，其作品既是可感的，更是可分析的；而教学的目的就在于，试图从感性和理性两方面，让学生全面感知卡夫卡。

但是，本书最终以读者面前的样子问世，却是2010—2011年的产物。过去的一年中，我之所以中止了正在进行的研究，把大部分精力投入到旧稿的整理当中，是因为预感到自己的学术生涯正发生着一次重大的转型。在2010年岁末编就的一部自选集的“前言”中，我曾经提到，正是近几年的西方美术史研究，导致我在“最遥远的地方寻找故乡”，并由此“实现了一次真正的Orientation，即把我的视线决定性地从欧亚大陆的西端转向它的东端——那只学术蚂蚁本来的家乡所在的方向”。也就是说，我未来的学术方向将更多地指向中国问题和中国对象（当然是在指涉欧亚大陆更为广袤的语境的前提下）。为此我需要清点自己——厘清存货和还清旧账——以便于轻装上阵。本书，那部自选集，还有另外一部尚待最后定稿的书，正是上述诉求的产物。

具体在本书中，最近完成的工作，除了赋予本书以一个更为明晰的叙述框架之外，更多地体现为遣词造句和资料处理等技术性问题。在此，需要很遗憾地告歉于读者的是，随着近年来卡夫卡研究资料的新发现，国外卡夫卡研究已取得重要进展，但这一切均没能及时反映在本书中。从这种意义上说，本书仍然是一部 20 世纪 90 年代的旧作。而且，它主要还是一部青年之作——在 1991 年 5 月 27 日的日记中，我曾经写道：“写作卡夫卡的时候，几乎正是卡夫卡写作《判决》和《变形记》的时候。”那一年我 28 岁，而卡夫卡 29 岁。在这一年龄，卡夫卡所有令后世瞩目的重要作品（《诉讼》、《城堡》、《饥饿艺术家》和《地洞》），均尚未问世；所以，同样的是，似不必对作者的这部青年之作报以过高的预期。但是，恰如一切青年之作，这部小书既是恐惧、烦恼和创伤的产物，更是对于恐惧、烦恼和创伤的疗救与克服——只有这一点，是我尤感到可以告慰于今天的青年的。

最后，请允许我利用作者的特权，对于在这部书的漫长孕育过程中，赋予我以最实质帮助的你们，致以最衷心的感谢：没有你们的爱和关怀，这部书是绝不可能存在的。

感谢我的妻子余论惠，和我们的女儿李语之，感谢我们在一起的所有日子，所有幸福的，和最艰难的时光；一切的一切。

感谢我的同学和终生畏友祝东力。我依然记得，当年借给我瓦根巴赫的《卡夫卡传》时，那上面密密麻麻你的批注，如何给予了这部书以最初的灵感；感谢我们的青年时代，感谢那“两只并行的，而始终不绞缠在一起的风筝”。

感谢我的学生李震和陈文爽。感谢李震对全部原始讲课录音所作的十分杰出的笔录，和由此付出的心血；感谢陈文爽在赴巴黎留学前对录音稿的整理。尽管在学校，你们很少有机会得到我充分的认可，但在外面，在广阔的天地中，你们点点滴滴的工作和成绩，都会映入老师眼中，犹如恒星。

还要感谢一位不愿意透露名字的朋友。在感觉的敏锐、性情的疏离、人格的坚忍诸方面，长期以来，这位朋友在我心目中，常常会与卡夫卡的形象交相重叠。感谢你在阅读书稿时贡献的所有建设性意见——本书结构的最终定型，数次得益于你的那些直率的“反对”。

最后，感谢我的编辑谭燕女士。感谢你始终如一的信心、耐心和令人宽慰的微笑，让负债累累的我，总能够轻易地找到借口以卸去内心的愧疚，继续富可敌国般，挥霍那其实并不属于自己的财富——时间。希望这份姗姗来迟的汇票，能够借助本书第一位读者的慧眼、大度和慷慨，而对所有的读者有所补益：重要的是，拥有卡夫卡是值得的。

2011.2.27—3.6

又及：

感谢一瓢设计的邱特聪，感谢你超凡的专业敏感和敬业精神。

这部小书以现在的面貌呈现给读者，是美编五个版式设计，和另外五次修改的结果——这样的奢侈是平凡的作者从来不敢预期的。期间，我的苛刻和你的慷慨，大概都达到了令对方难忘的程度。

2011.7.25

阅读书目

一、全集

《世界文豪书系——卡夫卡全集》（10卷），叶廷芳主编，河北教育出版社，1996年。

第一卷《短篇小说》，洪天富、叶廷芳译

第二卷《失踪者》，张荣昌译

第三卷《诉讼》，章国锋译

第四卷《城堡》，赵蓉恒译

第五卷《随笔·谈话录》，黎奇、赵登荣译

第六卷《日记（1910—1923）》，孙龙生译

第七卷《书信（1902—1924）》，叶廷芳、赵乾龙、黎奇译

第八卷《家书》，赵登荣译

第九卷《致菲莉斯情书（Ⅰ）》，卢永华等译，叶廷芳校

第十卷《致菲莉斯情书（Ⅱ）·致密伦娜情书》，叶廷芳、黎奇、卢永华等译

二、重要选集与单行本

1.《卡夫卡短篇小说选》，孙坤荣等译，外国文学出版社，

1985年。

2.《审判——卡夫卡中短篇小说选》，李文俊、曹庸译，上海译文出版社，1987年。

3.《卡夫卡随笔集》，叶廷芳编，黎奇、张荣昌、郭华译，海天出版社，1993年。

4.《卡夫卡散文》(上、下)，叶廷芳编，中国广播电视出版社，1996年。

5.《卡夫卡中短篇小说选》，叶廷芳等译，人民文学出版社，2003年。

6.《卡夫卡读本》，叶廷芳选编，叶廷芳等译，新世界出版社，2007年。

7.《城堡》，汤永宽译，上海译文出版社，1980年。

8.《诉讼》，孙坤荣译，外国文学出版社，1986年。

9.《审判·城堡》，钱满素、汤永宽译，国际文化出版社，2006年。

三、重要传记

1.《卡夫卡传》，马克斯·勃罗德著，叶廷芳、黎奇译，河北教育出版社，1997年。

2.《卡夫卡传》，克劳斯·瓦根巴赫著，周建明译，北京十月文艺出版社，1988年。

3.《卡夫卡传》，罗纳德·海曼著，赵乾龙、许宽华、胡建新、李礼译，作家出版社，1988年版。

4. *A Hesitation Before Birth*：*The Life of Franz Kafka*，by

Peter Mailloux, Associated University Presses, 1989.

四、重要研究著作

1.《论卡夫卡》，叶廷芳编，中国社会科学出版社，1988 年。

2.《经验与贫乏》，本雅明著，王炳钧、杨劲译，百花文艺出版社，1999 年。

3. *Franz Kafka*, by Erich Heller, New York: Viking, 1974.

4. *The Kafka Problem*, Angel Flores (ed.), New York: New Directions, 1946.

4. *Flaubert and Kafka: Studies in Psychopoetic Structure*, by Charles Bernheimer, Yale University Press, 1982.